SARA GAZZINI

SETTE BACI PRIMA DI DORMIRE

HarperCollins

ISBN 978-88-6905-366-5

Prima edizione HarperCollins
settembre 2018

Pubblicato in accordo con Laura Ceccacci Agency

La felicità costa coraggio.

A me stessa.

7 dicembre 2016

ERI LA MIA METÀ, ORA SEI LA MIA CONTROPARTE

«Signora Florinda, tra poco tocca a noi.»

«Mi chiami Flò, per carità.»

«Ha ragione, me lo ha ripetuto più di una volta. Sarà deformazione professionale, non lo so, però non riesco a essere tanto informale.»

«Non si preoccupi, avvocato. Ma mio marito è arrivato?»

«In realtà, non ancora.»

«Be', direi allora che manca una parte fondamentale!»

«Mi piace essere ottimista, arriverà.»

Ma ottimista di che? penso tra me.

Vorrei dirglielo, invece accenno un sorriso di circostanza, come se la mia risposta al suo ottimismo possa essere il tassello mancante per instaurare quella complicità che consentirebbe al principe del foro fiorentino, l'avvocato Vieri Salimbeni, di chiamarmi Flò.

Siamo al terzo piano di questo enorme edificio moderno, fin troppo moderno per i miei gusti, tanto da risultare asettico.

Poche sedie blu scuro, o forse nere. Un lungo corridoio inframmezzato da porte che conducono alle stanze dei giudici. Il colore predominante è il grigio chiaro, tendente al bianco sporco, quasi avorio, come quello del vestito del mio matrimonio, e allora mi dico che il bianco è davvero un colore falso e bastardo perché finge di essere l'inizio ma poi gioca a fare pure la fine.

La sala d'attesa è decisamente triste e trasuda imbarazzo. Credevo che gli occhi bassi e le mani umidicce fossero una prerogativa delle sale di attesa degli studi di ginecologia, invece oggi, mercoledì 7 dicembre, questo piano di volontaria giurisdizione mi chiarisce che alla fine c'è di peggio che allargare le gambe davanti a uno sconosciuto con il camice bianco. Perché meglio togliersi le mutande che indossare una coperta sul cuore.

È ormai da qualche anno che il palazzo di Giustizia è stato spostato dal centro di Firenze alla zona nord-ovest della città, e oggi più che mai mi trovo a dover criticare quella scelta. Già, perché altrimenti il mio dolore avrebbe trovato la sua illusoria consolazione: sarei uscita in lacrime dal tribunale e poi avrei percorso via dei Magazzini e via del Corno. E proprio lì mi sarei ricordata che quella strada senza marciapiedi era la via di Pratolini e della Firenze letteraria. E magari avrei proseguito per piazza della Signoria per ammirare il Bello – certo, lo so che quello vero è conservato all'Accademia –, insomma in un modo o nell'altro avrei divorziato all'ombra del David.

Oppure avrei percorso Borgo dei Greci e all'improvviso mi sarebbe apparsa Santa Croce. O magari mi sarei rifugiata in piazza delle Pallottole, che storicamente è quella dove i fiorentini si danno il primo bacio, e lì magari sarei rimasta, seduta, immobile, in ricordo del mio.

Mi tolgo il cappotto grigio antracite, ché alcuni pensieri mi surriscaldano l'animo, e ripongo il basco di lana nello zainetto nero con le borchie argentate. Mi sfioro i capelli e intuisco che, nonostante la forte umidità degli inverni fiorentini, la piega del giorno prima regge, e la lisciatura, che mi ha costretto a stare più di due ore dal coiffeur, ancora non ha ceduto il passo ai miei folti ricci neri.

Mi accorgo dalla punta consumata e dal nero ormai divenuto opaco che i miei stivali Bikkembergs iniziano a risentire dei loro sette anni. Sono stati uno dei primi acquisti che ho fatto con Filippo, durante uno di quei pomeriggi di shopping insieme mano nella mano. Però alla fine, guardandoli meglio, mi convinco che accostati alle calze quaranta denari borgogna e al mio abito in georgette plissettato fanno ancora la loro figura.

Noto che Salimbeni è sempre più impaziente e probabilmente comincia a temere che per una volta il suo ottimismo sarà smentito, o meglio che per la prima volta le previsioni del principe del foro saranno disattese. Estrae infatti il cellulare dalla tasca del bell'abito scuro. La cravatta granata, in pendant con i miei collant, come se fossimo un perfetto team di alleati, mette in risalto la sua barba brizzolata, e gli occhiali da vista dai contorni scuri gli donano quell'aria da professionista impeccabile che lo rende uno dei più temuti avvocati di tutta la Toscana.

Si deve essere accorto che lo sto scrutando, perché mi sorride e con ostentata tranquillità mi dice: «Provo a chiamare la controparte».

Che strano sentire definire Filippo così. In questi sette anni d'amore mi è capitato più volte di doverlo aspettare: nei ristoranti in cui ci incontravamo trafelati per poter condividere anche solo mezz'ora della pausa pranzo; in un angolo del piazzale Michelangelo per scattare qualche foto il giorno del matrimonio, mentre lui non smetteva di intonare cori e abbracciare con la sua solita goliardia gli amici di una vita, increduli che qualcuna fosse riuscita a portare all'altare il latin lover del gruppo; la sera a letto quando, prima di raggiungermi, doveva finire di vedere il suo programma preferito; all'agenzia immobiliare il giorno del compromesso per l'acquisto della casa dei nostri sogni.

Ecco, l'ho sentito chiamare in tanti modi in queste occasioni: marito, sposo, compagno, ma controparte no, non mi era ancora mai accaduto. E mi chiedo come sia possibile che *l'amore mio* abbia d'un tratto smesso di essere la mia metà per diventare la mia controparte.

Nel frattempo, qualcosa vibra all'interno del mio zaino. Per fortuna, perché i pensieri sulla controparte mi stanno decisamente rattristando.

Guardo il cellulare, c'è una notifica del gruppo WhatsApp Amiche, quelle amiche che ancora una volta mi stanno dimostrando quanto sono vere. Infatti a loro non serve che tu chieda aiuto, loro lo sanno già.

Siamo in tre in questo gruppo, e lo abbiamo creato al rientro da uno dei nostri weekend a Roma. Cerchiamo spesso di ritagliarci questi momenti solo per noi. Be' spesso... spesso proprio no. Ma appena è possibile, sì. Ovvero quando riusciamo a incastrare mariti, figli, cani, gatti, lavoro, hobby e feste varie. Allora scappiamo a Roma, che ormai è la nostra seconda città. E cosa facciamo di speciale là? Niente. Giriamo e rigiriamo. Per negozi e per le piazze. Con la voglia di raccontarsi e di vivere ogni situazione.

Loro sono quelle con cui mi mando i messaggi vocali delle sette di mattina che mi cambiano in meglio la giornata. Quelle a cui dono la mia intimità più totale, perché so che non la tradirebbero mai. Quelle che potrei chiamare alle tre di notte per dire che non so dove andare a dormire e loro in un attimo mi darebbero un piumone e un cuscino. Quelle che mi spalleggiano e condividono. Anche i miei errori, certo. Quelle che mi cazziano in privato, ma davanti agli altri non smetterebbero mai di difendermi.

Forte di questo pensiero, apro la chat, felice di poter leggere le mie amiche.

"Ehi Flò come va? L."

"Ancora Filippo non è arrivato, lo stiamo aspettando."

"Eccomi! Ci sono novità? P."

"Nessuna, stavo appunto dicendo che Filippo non è ancora arrivato. Ma niente di nuovo, la puntualità non è mai stata il suo forte."

"Nemmeno la fedeltà! L."

Scuoto la testa e ripongo il telefono.

Non so se ridere o piangere o semplicemente ripetermi che Lucilla è fatta così. La conosco da sempre e la sua schiettezza è ciò che la rende unica e insopportabile al contempo. Sono sicura che Penelope adesso le sta scrivendo in privato, rimproverandola per la sua poca sensibilità. Lucilla risponderà con le lacrime agli occhi e ancora una volta chiederà scusa per non essersene resa conto, e io so che è la verità. E lo sa pure Penelope, perché se ci vogliamo bene da una vita è perché da una vita sappiamo accettarci.

Io e Lucilla eravamo in classe insieme sia alle medie sia alle superiori. Penelope invece è un po' più grande di noi. L'abbiamo conosciuta una ventina di anni fa in palestra, la Beauty Center, quella che ormai frequentiamo da tempo immemore, più per gli incontri che regala che per i corsi che propone.

Avevamo all'incirca sedici anni, Lucilla stava piangendo per uno dei tanti ragazzi di cui si era invaghita. Io all'epoca ero vergine, e quindi capivo i mal d'amore della mia amica solo fino a un certo punto. Sotto la doccia, dopo la lezione di GAG, Lucilla, in preda a uno dei suoi sfoghi decisamente eccentrici, esordì con un: «Non è possibile, Flò! L'amore non esiste!».

«Invece sì» rispose una voce dolcissima dalla doccia accanto. Era Penelope, con i capelli biondi corti e una pancetta tonda. «Esiste, ragazze. O l'ho mangiato o esiste per davvero» aggiunse sicura. Scoppiammo a ridere. Tutte e tre. E da quel momento non abbiamo più smesso.

«Stanno arrivando, sono in ascensore.» La voce roca dell'avvocato Salimbeni mi riporta alla realtà, a quella sala d'attesa piena di imbarazzo, che però stavolta non mi prepara a un'ecografia transvaginale, ma a una vera e propria operazione a cuore aperto.

Mi alzo in piedi, lo zaino su una spalla; il cappotto appoggiato sul braccio scivola lentamente, sfiorando le mie calze borgogna, e mi costringe, ancora, a constatare nuovamente i sette anni vissuti dai miei stivali.

«Ciao, Flò.»

Non so se sento prima quella voce inconfondibile provenire da dietro, o la mano sulla spalla. Non so se avverto di nuovo l'emozione della volta in cui mi sussurrò all'orecchio il suo numero di telefono, o delle dita che mi toccarono come nessuno aveva mai fatto. Non so se penso a quando scegliemmo insieme le tende della cucina e scoppiammo a ridere scoprendo, dopo tre ore di indecisione, che erano venti centimetri più corte rispetto alla finestra, o a quando in piazza Santo Spirito, armato di anello modello riviera, mi chiese se volevo essere sua per sempre, o a quando, leggendo un messaggio su WhatsApp di una certa Silvia, che descriveva il sesso che avevano appena fatto, capii in un attimo che quel per sempre sarebbe diventato un mai più.

Mi volto.

Lui è bello, ancora più bello. Come spesso sono tutte le cose che non hai.

I capelli castano scuri sono leggermente spettinati, proprio come ama portarli nelle occasioni più importanti. E l'espressione è sempre la stessa, quella che illumina i suoi occhi verdi e allungati che negli anni gli sono valsi il soprannome "il cinese".

«Scusa il ritardo, ho avuto un prob...»

«Non ha importanza, Filippo, non mi interessano le tue spiegazioni» sibilo.

Il suo avvocato è un ometto piccolo e insignificante. Me ne stupisco dato che negli ultimi mesi si è battuto per difendere gli interessi del mio ex con la ferocia di un gigante. La scarsa propensione al compromesso di quell'"ometto", tra l'altro, mi ha costretto a liquidare il cinese per la sua metà di proprietà della casa con "cortese sollecitudine".

«Bianchi e Rossi!» ci chiama una voce autoritaria dalla porta alla nostra destra, ponendo fortunatamente fine a quel momento di grande imbarazzo.

A quelle parole mi convinco per l'ennesima volta che non avrebbe potuto funzionare. Una Bianchi con un Rossi poteva durare in una commedia, in un film, in un romanzo, in una barzelletta, ma non in una cosa seria. Avrei dovuto concentrarmi sull'oggettività e lasciare da parte le aspettative, invece avevo voluto sfidare il destino.

«Prego, accomodatevi» dice il giudice in tono risoluto e con un atteggiamento distaccato. Immagino quanti Bianchi e quanti Rossi, prima di noi, si siano seduti su queste sedie, e penso anche a come chiunque si abitui alle difficoltà del proprio mestiere e a come questa abitudine renda insensibili a tutto.

Il giudice risoluto sta per aprirmi il cuore, ma ha lo stesso fare di un pizzicagnolo che ti serve tre etti di prosciutto. Non un mezzo sorriso come anestesia, né una pacca sulla spalla. No. Ha già tra le mani la penna che come un bisturi affilato servirà a incidere la mia ferita.

«Allora compaiono davanti all'Illustrissimo Tribunale di Firenze, Bianchi Florinda e...»

«Flò, per carità!» lo correggo sporgendomi in avanti, verso l'imponente scrivania a cui è seduto.

Salimbeni mi dà una leggera gomitata.

Il giudice risoluto continua imperterrito nella sua lettura, fingendo di non avermi sentita. «Ci sono possibilità di riconciliazione?» chiede d'un tratto.

Penso a una presa di culo, ma poi, notando la mia espressione, mi si avvicina Salimbeni e mi sussurra: «Lo deve chiedere obbligatoriamente, è previsto dal Codice Civile».

Rifletto improvvisamente che allora il Codice Civile, nel tentare di percorrere ogni strada per la rappacificazione, è come la mia Penelope, che dai quindici anni ai quarantuno attuali è sempre stata con lo stesso uomo. Sì, ne sono certa, il Codice Civile sta dalla parte dell'amore.

Filippo risponde sicuro. Un no che è forte e squillante, così forte e squillante che provo a ricordarmi se quando si trattò di dire: «Sì, lo voglio» abbia suonato allo stesso modo. Così forte e così squillante che mi fa dubitare persino del Codice Civile.

Resto immobile, incredula per la nonchalance di Filippo e per quella domanda che certo non mi aspettavo. Il principe del foro mi ha spiegato tutto, ma si è evidentemente scordato di dirmi, con congruo anticipo, che ci sarebbe stato un quesito del genere. Sì, perché una domanda simile richiedeva come minimo un consulto di un quarto d'ora con Penelope e Lucilla. E invece niente. Io sono qui e sono sola.

Mi guarda Salimbeni, mi guarda il giudice risoluto e mi guarda pure il cinese. L'ometto rimane in disparte, probabilmente ha già esaurito la riserva di energia.

Penso che non mi succederà più di avere tanta attenzione da parte di tre uomini contemporaneamente soltanto per una mia risposta. E penso che se ci fosse qui Lucilla, che di uomini ne colleziona mensilmente a decine, non potrebbe che invidiarmi.

«Dunque» prendo fiato. «Sì, io credo che ci siano grandi

possibilità di riconciliazione. Perché io e Filippo ci siamo amati davvero e di un amore come quello dei film. Lo sa, caro il mio giudice risoluto, quante volte al giorno facevamo l'amore io e Filippo? Almeno due. E lo sa, giudice risoluto, quante volte al giorno ridevamo io e Filippo? Infinite. Mio marito ha avuto un momento di debolezza, niente di più. Mi ha tradito, lo so, ma non potrà certo trovare in lei quello che ha con me. Io e Filippo eravamo tutto. E il tutto non può diventare niente. È d'accordo, signor giudice?»

Questo è ciò che avrei voluto dire.

In realtà abbasso lo sguardo, come nel momento in cui il ginecologo ordina: «Si spogli», e ribatto frettolosa: «No, nessuna possibilità».

Il cancelliere trascrive qualcosa, con tutta probabilità i nostri no, intanto che il giudice risoluto continua a leggere quelle quattro pagine di ricorso che in conclusione mi costeranno almeno duemila euro di avvocato e ancora un milione di lacrime.

Mentre lui esamina ogni clausola dell'accordo, io mi domando se alla fine magari pronuncerà una frase del tipo: «Florinda Bianchi e Filippo Rossi, vi dichiaro ufficialmente separati».

Immagino anche Salimbeni e l'avvocato di controparte scoppiare in un caloroso applauso dal sapore "ovvìa, finalmente si riscuote". Immagino fuori dall'aula Penelope e Lucilla pronte a lanciare, anziché il riso, petali di crisantemi. Immagino i miei genitori vestiti di nero e mia madre con uno striscione con scritto IO TE L'AVEVO DETTO CHE NON ERA IL TIPO GIUSTO PER TE. E immagino pure la sua Silvia con un abito da sera rosso fuoco, una piuma tra i capelli, un gloss effetto lucido e le braccia spalancate. La immagino con i capelli biondi e lisci fino alla vita. Gli occhi azzurri ben truccati e le misure 90-60-90 fatte apposta per incantare tutto il tribunale. La immagino ondeggiare su delle décolleté Casadei, davanti alle quali i miei Bikkembergs datati dimostrerebbero ancora una volta, inequivocabilmente, che non potevo che essere io a perdere. Che non potevo che essere io a perderlo.

Il giorno in cui lessi il famoso messaggio sul telefono del cinese, costrinsi Filippo a raccontarmi tutto di lei, a cominciare dal cognome.

Una volta ottenuta questa informazione, trovarla sui social fu un gioco da ragazzi. Conoscevo il suo profilo Facebook a memoria e vedere le sue foto era diventato il mio passatempo della notte. C'è chi conta le pecore per addormentarsi; io, invece, Florinda Bianchi, trentasei anni, commessa in un negozio di intimo nel centro di Firenze, guardo le foto di Silvia. E per quanto Penelope e Lucilla si sforzassero di scovarle qualche difetto, la sua bellezza era innegabile. Ne ebbi la conferma durante una delle nostre serate del martedì, quando Lucilla con la sua devastante sincerità disse: «E comunque sono certa, Flò, che tu sei più intelligente!».

Ecco. In un istante mi diede la conferma di quello che sapevo io e che sapeva pure Penelope: Silvia era decisamente meravigliosa. Non che, se un uomo ti tradisce, il fatto che l'altra sia brutta possa essere un'attenuante, però se l'amante è bella e più giovane di te di ben sette anni è senza dubbio un'aggravante di non poco conto.

Il sette continua a perseguitarmi, inutile negarlo. Sette anni di matrimonio, sette anni più giovane di me Silvia. Sette i brillanti nella riviera che ancora tengo al dito. Sette i baci che, per promessa, Filippo mi dava ogni notte prima di addormentarmi: uno su ogni guancia, tre sulle labbra, uno sul naso e l'ultimo a sfiorarmi la fronte. E infine il 7 dicembre, il giorno di questa maledetta udienza.

«Flò! Flò, tocca a te!» È la voce di Filippo.

Forse ci ha ripensato o forse mi sto risvegliando da un brutto sogno. Ne sono certa, Filippo si è reso conto di aver sbagliato. Allora usciremo da quest'aula nuovamente abbracciati, Salimbeni e l'ometto se ne andranno a testa bassa, mentre il giudice risoluto si chiederà cosa non ha funzionato nel suo trapianto di cuore. E fuori dall'aula ci saranno le mie amiche con palloncini rossi e stelle filanti e persino mia madre, che abbozzerà un sorriso di circostanza sussurrando a mio padre: «Chissà quanto durerà». Poi io e Filippo ci stringeremo ancora più forte e a quel punto non importerà più essere a Novoli piuttosto che nel vecchio tribunale in piazza San Firenze, perché conteremo soltanto noi.

«Flò, devi firmare!» ripete invece spazientito il cinese, ponendo fine anche alla mia ultima speranza.

Mi alzo, lasciando cadere a terra il cappotto che ho tenuto per tutta la durata dell'udienza sulle ginocchia. Appoggio lo zaino sulla sedia e il movimento è veloce, ma non abbastanza da evitarmi di sentire il cellulare vibrare. Sono sicura che il gruppo Amiche è già pronto a tirare fuori le frasi consolatorie più appropriate per l'occasione. Guardo ancora gli stivali consumati e mi ripeto che davvero non possono reggere il confronto con un paio di Casadei e soprattutto che non possono regalare l'entusiasmo delle décolleté.

Firmo.

Allungo la mano verso il giudice risoluto, che me la stringe sorridendomi. Vorrei dirgli che non abbiamo appena vinto il primo premio alla lotteria, ma che abbiamo messo la parola fine a un amore. Però tanto non capirebbe.

Esco dall'aula.

Salimbeni mi si avvicina. «Allora in settimana le invio la mia parcella, ha visto che è andato tutto bene?»

«Certo, avvocato, alla grande!» Mi chiedo se sia serio o se si stia prendendo gioco di me.

«Vuole un caffè, Florinda?»

Vorrei ricordargli che mi chiamo Flò. Però tanto non capirebbe.

Saluto l'ometto, che mi risponde: «Auguri, signora!». Vorrei fargli notare che la sua ferocia ha contribuito a distruggere la mia vita, e che questi auguri falsi e ipocriti non possono certo essere un viatico al lutto che ne conseguirà. Però tanto non capirebbe.

«Ciao, Flò» sento quella mano che mi tocca da dietro. «Mi dispiace.»

È la voce dei miei ultimi sette anni. Vorrei dirgli che un "mi dispiace" non basta. Vorrei ribadirgli che una firma su quattro pagine di ricorso non è abbastanza. Però tanto non capirebbe.

Il giudice risoluto, l'ometto, Salimbeni e il cinese: quattro uomini diversi, eppure nessuno di loro è riuscito a capirmi.

Percorro il lungo corridoio, rivedo le sedie blu o forse nere, quel grigio chiaro che tende al bianco sporco e le porte. Scendo le scale, nell'illusione che i tre piani possano aiutarmi a riprendere fiato.

Finalmente esco da quell'edificio moderno e asettico.

Sono fuori.

Inspiro a fondo con gli occhi chiusi.

Li riapro. E mi trovo davanti Penelope e Lucilla.

Mi abbracciano.

Ecco, penso. *Loro non c'erano, eppure hanno capito.*

«Flò, di cosa hai bisogno?» mi chiede Penelope.

«Sì, Flò, di cosa hai bisogno?» ripete Lucilla.

«Di un paio di scarpe nuove, ragazze» rispondo. E poi scoppio a piangere.

Un anno dopo

OGNI FOTO IN CUI SORRIDI VORREI AVERTELA SCATTATA IO

«*Tanti auguri a te… tanti auguri a te… tanti auguri, Penny, tanti auguri a te…*»

È martedì. Ma non il solito martedì. Oggi è il compleanno di Penelope, la *milf* del gruppo come scherzosamente la chiamiamo noi. È strano che sia lei quella che prendiamo sempre di mira con battute e frecciatine, quando è il tipo di donna che io e Lucilla vorremmo essere.

Quarantadue anni proprio oggi, due figli – uno ormai ventenne, l'altra di otto anni appena compiuti – e un marito che la ama come il primo giorno. Una vita all'apparenza perfetta. Se non fosse per quel velo di malinconia che continua a riempire i suoi giorni.

Penelope ha i capelli biondi e grandi occhi scuri. Il viso tondo e un piccolo naso che quasi scompare tra le labbra carnose. Ha un seno importante e la pelle morbida. Come morbida è tutta. Fianchi generosi e gambe rotonde. I pantaloni neri a vita alta, anche questa sera, non nascondono i difetti, ma sottolineano l'armonia della sua fisicità.

Penelope lavora come ostetrica al reparto maternità di uno dei più illustri ospedali fiorentini, e ho sempre pensato che il continuo contatto di Penny con la vita abbia fatto di lei la donna che è oggi. Quella decisa e dolcissima. Quella forte, ma amorevole. Non perde mai il controllo di sé, o per lo meno ci prova e immagino che questo dipenda dalla sua abitudine al travaglio e dalla padronanza che ha anche nelle situazioni più complicate.

Qualche volta ci ha raccontato di parti difficilissimi e di momenti tragici, e così mi sono convinta che Penelope sia proprio il tipo di persona che ha sempre la risposta giusta in qualsiasi occasione e che, soprattutto, sa cosa fare in ogni circostanza. Ama il suo lavoro in maniera incredibile, tanto da sacrificargli gran parte della sua vita. Per lo meno, tutta quella che può. Crede nella famiglia come istituzione assoluta e nei figli come valore assoluto. Queste sono le sue convinzioni e per loro sarebbe pronta a ingannare tutto. Pure se stessa. E alla fine è ciò che sta facendo. Non ama più suo marito da tempo. O forse lo ama di un amore che semplicemente non la emoziona più. Il suo è l'uomo che tutte vorrebbero, pieno di rispetto e di attenzioni, ma che, di contro, non è in grado di farti sentire donna. Concentrato sul lavoro e sui figli, negli anni ha perso di vista l'armonia dei fianchi della mia amica e la bellezza che si portano dietro. Non so di preciso quando Penny abbia smesso di amarlo, ma ricordo ancora il giorno in cui trovò il coraggio di dircelo. Sono certa che le sia costato fatica, molta fatica. Credo che sia stato il parto più duro, e che quelle contrazioni siano state le più dolorose.

Non so se a parlare sia stata la vergogna, il senso di fallimento o l'amarezza. Ma conosco appieno la sofferenza di cui vestì ogni parola. Anche perché, malgrado tutto, ha deciso di non ascoltarsi. E così lo aspetta ancora ogni sera con la tavola apparecchiata e la casa in ordine. Come pensa sia di competenza di ogni donna che si rispetti. Ci fa l'amore, perché questo è ciò che fa una brava moglie. Un'estate caldissima di tre anni fa, però, Penelope incontrò un altro uomo. Uno che l'aveva guardata davvero, in un modo in cui forse nessuno aveva mai fatto. Uno che l'aveva riempita di baci e carezze. E che l'aveva fatta sentire oltre: oltre le mura di un ospedale, di una casa, oltre i confini degli affetti ormai decisi.

In quel periodo Penelope era come non l'avevo mai vista. Piena di sensi di colpa, ma anche di entusiasmo. Piena di rimorsi, ma anche di voglia di vivere. Io e Lucilla l'avevamo ascoltata, perché conoscendola eravamo consapevoli che ogni parola sarebbe stata poco. E che ogni silenzio sarebbe stato troppo.

Eppure lei non è riuscita ad assecondare i suoi veri desideri. E allora ha preferito scegliere la famiglia e tutto ciò in cui ha sempre creduto. Ha preferito la lealtà agli occhi che brillano.

Quella storia è durata solo per il tempo di un'estate, ma sono certa che, nonostante sia restia a parlarne, la mia amica se la porti ancora totalmente dentro.

Penso a questo e mi ritrovo a osservarla, e mi rendo conto di come il suo viso, negli ultimi tempi, sia diventato ancora più rotondo, frutto di una dieta che non riesce più a seguire e di come le labbra carnose siano appena screpolate, colpa di questo inverno severo, o magari dei baci che non è più in grado di dare.

«Penny, non dimenticare il desiderio!» urla Lucilla, distogliendomi dalle mie riflessioni.

«Già...» risponde Penelope con il solito velo di malinconia di cui siamo spettatrici e complici e che ci costringe a chiederci se quel desiderio sarà rivolto ai suoi figli, al compagno di una vita o all'amore dell'estate caldissima.

Lucilla l'abbraccia. E a quell'abbraccio mi unisco pure io e tutte le frasi che non è il momento di dire.

L'entusiasmo di Lucy è contagioso e martedì dopo martedì non si spegne mai. Probabilmente perché il martedì è davvero un giorno speciale: quello dei segreti, delle cazzate, delle confidenze, dei pianti e delle risate. Il martedì sa di noi ormai da una decina di anni.

Ci diamo sempre appuntamento nel solito locale, in San Niccolò. Io esco dal negozio e mi precipito allo Spritztime. In genere parcheggio lo scooter nella zona di piazza Ferrucci, perché mi piace raggiungere lo Spritztime passeggiando lungo l'Arno. San Niccolò è forse il quartiere fiorentino che preferisco. Si tratta di una sorta di borgo che nel tempo ha conservato la sua struttura medievale. Le stradine acciottolate, i negozi artigianali, qualche ristorante, i pub e le caffetterie. In realtà tutta la zona dell'Oltrarno esercita da sempre su di me un fascino particolare, e da quando il cinese mi ha chiesto di sposarlo proprio di fronte alla chiesa di Santo Spirito ancora di più.

Il "diladdarno", come lo chiamiamo noi fiorentini, ovvero tutta la parte della città sulla riva sinistra del fiume, è l'unico luogo rimasto intatto, dove è possibile immergersi pienamente nella fiorentinità. Qui si può trovare una Firenze ancorata alla tradizione popolare e che fa di sé un luogo d'incanto. Da San Niccolò in pochi minuti si raggiunge Santa Croce o Palazzo Vecchio, che è in pratica l'ombelico del mondo, come da sempre lo definisco io. Passeggiare sul lungarno nell'ora del tramonto è una delle cose che preferisco. E da lì ogni volta la mia città mi sembra finta, mentre mi ripeto che alla bellezza non ci si abitua mai e ne respiro l'aria, il freddo degli inverni rigidi o la leggera brezza di inizio di primavera.

Nel frattempo Penny sta togliendo le candeline dal tiramisù, il suo dolce preferito, che io e Lucy le abbiamo fatto preparare con la scritta BUON COMPLEANNO, MILF.

Ormai lo Spritztime ci considera parte integrante dell'arredamento e da quando, da circa tre mesi, la gestione è stata presa da Giovanni ancora di più.

Giovanni ha un debole per me fin dai tempi delle superiori e averlo ritrovato alla direzione del mio locale preferito ha riempito lui di gioia e me di uno strano imbarazzo. Ogni martedì non perde occasione per riempirmi di complimenti e provare a convincermi a uscire con lui, proponendomi cene e serate decisamente allettanti.

Non so se non ho mai accettato per scarso interesse o per timore che un mio ipotetico sì ponga fine a quell'ondata di attenzioni che, in fin dei conti, una volta la settimana gratificano il mio ego. Forse ho soltanto paura di fidarmi ancora. Giovanni, per via del suo lavoro, è sempre circondato da donne e il terrore di essere semplicemente una tra tante mi fa mantenere le distanze. I ricordi di Filippo, poi, sono ancora troppo dolorosi per pensare di poter trascorrere anche solo qualche ora con un altro uomo.

«Allora, ragazze» dice Lucilla con la sua voce squillante alzandosi in piedi, «ho un annuncio importante!»

Lucilla non è bella, ma un tipo sì. E tra l'altro è sempre perfettamente curata. Indossa abiti costosi, scarpe all'ultima moda e il suo viso, tra massaggi, iniezioni e filler, sembra quello, al massimo, di una ventottenne. Stasera, sfoggia l'ultimo look della collezione Dolce & Gabbana: un abito di pizzo ricamato color indaco, lungo fino al ginocchio e con lo scollo rotondo. Sinceramente è un po' in contrasto con i suoi capelli rosso mogano, ma Lucilla ama essere eccentrica. E poi, quando fa il suo ingresso in un locale esibendo la Chanel 2.55, ogni donna le perdonerebbe ogni cosa.

«Lucy, siamo tutte orecchie. Spara!» la incita Penelope.

«Allora, siete pronte?»

«Dio, Lucilla, sì... non tenerci sulle spine!» la sprono.

«Non sarà che hai trovato qualcuno ancor più dotato di quel Giorgio 24 centimetri di Scarperia?» esplode Penny.

Scoppiamo tutte e tre a ridere.

«Eh, su, amiche, fate le brave. Quello che sto per dirvi è una cosa seria!» Lucilla cerca di riportare un po' di contegno al nostro tavolo.

«E allora forza, non farci aspettare» intervengo io, sperando di convincerla a svelare il segreto.

«Dunque...» si appunta il caschetto con un fermaglio che estrae dalla Chanel matelassé, «dunque...» sorride, «io mi sposo!»

«Ti sposi??? E con chi?» esclamiamo io e Penelope in coro.

«Tu... tu... tu... cioè non può essere che proprio tu ti sposi» balbetto tra commozione e incredulità.

«L'ho conosciuto un mese fa e dopo la prima cena abbiamo dormito insieme» risponde lei arrossendo leggermente con un'apparente timidezza in cui non riconosco certo la mia amica.

«Cioè, hai dormito nel suo stesso letto?» domanda attonita Penelope guardandomi e condividendo con me l'importanza di quell'informazione.

«Non lo so, ragazze, ha qualcosa di speciale. È un dj, lavora nei locali più cool della Versilia, l'ho conosciuto a una festa. Dio, amiche, mi piace così tanto!»

«Ok, Lucilla, va bene, ma ti piace così tanto da sposarlo dopo un mese?» le chiedo sempre più sconvolta, mentre mi domando che cosa sia scattato in lei per farle dimenticare il padre, la madre abbandonata e la ballerina di flamenco.

«Sì. Non pensate che anche per me sia arrivato il momento di mettere la testa a posto?»

«Lucilla, il matrimonio richiede impegno, costanza e dedizione» ribatto pure un po' scocciata.

«Be', Flò, anche tu e Filippo vi siete sposati pochi mesi dopo il vostro primo incontro!» mi ricorda, fulminandomi con lo sguardo.

«Appunto, guarda come è andata a finire!» butto fuori di getto, senza lasciarle neppure il tempo di prendere fiato.

«Per forza!»

«Per forza cosa?»

«Dài, Flò, lo sai bene. Hai amato lui prima di te stessa, mettendo probabilmente da parte quelli che erano i tuoi veri sogni e i tuoi reali desideri.»

«Ma cosa stai dicendo?» replico sentendomi di colpo completamente smarrita.

«La verità!»

«No, tu mi stai ferendo.»

«Flò, sei tu che continui a chiudere gli occhi, che non affronti i problemi, che non vuoi andare avanti!»

«Be', ora io dovrei sorbirmi una sorta di morale da parte di una che scopa con cinque uomini diversi al mese?» rispondo senza guardarla.

«Non trattarmi così! Non usare le mie confessioni per offendermi!» urla Lucilla con le lacrime agli occhi.

«Ehi, ragazze, basta basta basta! Che ci sta succedendo?» interviene decisa Penelope. «Ognuna di noi ha i propri limiti, debolezze e difetti. Dobbiamo stare qui a elencarli?» aggiunge.

«No, infatti. Quindi pretendo che siate felici per me!» dice Lucilla spazientita.

«Io non lo sono, felice per te intendo» ammetto.

«Ne ero certa, Flò, tu non puoi certo gioire dell'amore!»

«E perché?» le chiedo, mentre la voglia di concludere questa serata è sempre più forte.

«Perché tu non hai superato un cazzo da quando Filippo se ne è andato via! Cosa ne è della tua vita? A parte il lavoro, dico, tu cosa fai? Stai a guardare il cellulare che non squilla e a studiare il profilo social della donna che te lo ha rubato. Poi accendi la radio e magari piangi in pigiama sul divano! Tu non stai facendo nulla per ripartire! Tu non vuoi rinascere!»

«Come ti permetti?» sibilo, cercando disperatamente di deglutire, insieme alla saliva, la voglia di piangere. «Penelope, lo pensi anche tu?» In questo momento ho bisogno dell'appoggio della mia amica milf.

«Be', in effetti dal giorno in cui Filippo se ne è andato non hai tentato di far molto per reagire. Forse ti serve aiuto. E poi chissà se Filippo è davvero il problema reale» sussurra quest'ultima frase con un filo di voce, scordandosi delle regole a cui è abituata.

«Aiutooo? Ma io sto benissimo! Filippo ha scelto un'altra, e allora? Non mi manca certo un uomo. Volendo, stasera stessa, potrei infilarmi nel letto di Giovanni!»

«Invece tornerai da sola a casa, tanto per piangere ancora un po'» mi contraddice Lucilla.

Afferro il mio zaino, quello nero con le borchie argentate, quello della dannata udienza del 7 dicembre, e prendo il piumino che, nella concitazione, è caduto ai miei piedi. Ancora una volta. E allora mi ricordo che i cappotti che cadono a terra fanno parte dei miei momenti più brutti. Quelli in cui devo toccare il fondo per forza. Quelli in cui la paura non lascia neppure una piccola via d'uscita. Quelli in cui il terrore si divora tutto il coraggio.

«Auguri, Penny e buon matrimonio, Lucilla!» dico in fretta mentre poso il bicchiere sul vassoio con la bottiglia di Veuve Clicquot che Giovanni ci ha appena portato, ed esco dallo Spritzetime senza mai alzare gli occhi.

Non indosso il giubbotto perché la rabbia che sta salendo è prepotente e, nonostante i pochi gradi, mi scalda. E poi la voglia di abbandonarmi a questa totale sensazione di sconforto che mi fa tremare è più forte del desiderio di smettere.

Salgo sullo scooter parcheggiato, stranamente, proprio di fronte al locale e indosso il mio casco rosa Big Babol.

Il viaggio fino a casa sa di buio. Penso a niente o forse a tutto. Ho solo voglia di sdraiarmi.

Percorro velocemente le rampe di scale che conducono al mio appartamento al quarto piano di via degli Artisti e non posso fare a meno di ricordarmi di quando con Filippo facevamo a gara a chi sarebbe arrivato per primo, aggiudicandosi così il possesso del telecomando per l'intera serata.

Giro la maniglia della porta in rovere chiaro, la apro leggermente e intravedo il nasone nero di Osso che abbaia per darmi il bentornato.

Osso è ormai vecchiotto. È un super meticcio, come da sempre lo definisco io, cioè un incrocio di talmente tante razze che nessun veterinario è mai stato in grado di riconoscerle tutte. Ha le orecchie lunghe e le zampe corte. Una pancia decisamente sproporzionata rispetto al corpo. Occhi verde marcio e un muso quasi bianco, segno dell'età.

Lo trovarono una primavera di quindici anni fa lungo l'Arno. Avrà avuto all'incirca un mese. Il pelo ispido e la coda tutta masticata perché lui, da perfetto cucciolo, continuava a popparsela. Era evidente che a Osso mancava la sua mamma. A me, già all'epoca, mancavano diverse cose. Appena lo vidi in canile pensai che saremmo diventati amici. Filippo invece non ha mai avuto grande simpatia per lui e forse il sentimento era reciproco. Ma quel meticcio sgraziato era la dote che mi portavo dietro e il patto da sempre era: chi vuole me prende anche Osso.

Osso si è accorto del mio umore malinconico. Mi siedo sul divano nero che fa da divisorio tra la sala e la cucina. Stappo una bottiglia di Ferghettina per farmi compagnia, ma continuo a risentire le parole di Penelope e Lucilla.

Sono arrabbiata, tanto.

Estraggo il telefono dallo zainetto e vedo che ci sono una cinquantina di messaggi sul gruppo Amiche. Apro la chat. Le frasi si alternano tra cuori, "Noi ci saremo per sempre", "Stiamo cercando di darti una mano" e via discorrendo.

Lo spengo. Mi infilo il pigiama, quello blu con gli orsi, quello che Filippo chiamava "antisesso", ma che io indossavo apposta perché gli venisse la voglia di togliermelo.

Ho ancora una nostra foto sul comodino, però mi ripeto che è normale, perché in fondo sono ricordi insostituibili. Lui nello scatto mi abbraccia da dietro e io cerco di sfoggiare il mio profilo migliore. Siamo a Favignana, un'isola che ho amato almeno quanto lui.

Prendo la cornice, quella in legno sbiancato, e in un attimo risento l'odore del tonno e dei pistacchi. Rivedo le acque cristalline di Cala Rossa, le insenature di Cala Azzurra, il sole forte di Lido Burrone. Il sapore del fritto assaporato nel cartoccio lungo le strade del paese, i tragitti in motorino con il vento tra i capelli.

Riappoggio la fotografia e provo a dormire. Osso nel frattempo mi raggiunge. Chiudo gli occhi e li stringo insieme al dolore e ai ricordi.

Mi rigiro per un'ora tra i cuscini, le lenzuola e il russare del mio super meticcio. Poi alla fine accendo la luce. Sono le tre. Ho finito i pensieri e pure le pecore. E a questo punto mi resta da fare solo una cosa: andare su Facebook e guardare le foto di Silvia.

L'immagine del profilo adesso la ritrae con Filippo. Lui l'abbraccia. Mi chiedo dove è stata scattata. Probabilmente sul mio comodino. Silvia mi pare sempre più bella. Forse è l'amore. Noto che ha leggermente scurito i capelli e che usa un ombretto di almeno due tonalità più chiaro. Ha un piccolo anello all'anulare sinistro, niente a che vedere con la mia riviera. Ma ce l'ha. Indossa un piumino nuovo, lo so perché nelle foto di questi ultimi mesi non lo avevo mai visto. E ha anche una luce nuova negli occhi. Il fisico è sempre snello.

«Be', segni di gravidanza non mi sembra ci siano» bofonchio tirando un sospiro di sollievo.

"Io e te per sempre" recita la didascalia dell'ultima foto insieme.

Filippo è felice, e io ripenso a quando qualche anno fa mi mostrò un suo primo piano all'uscita dalla discussione della tesi. Rideva, a bocca spalancata, e con lui ridevano pure gli occhi e i capelli spettinati. Gli dissi che ero gelosa. «Di che cosa?» mi chiese sbigottito. «Ogni foto in cui sorridi, vorrei avertela scattata io» gli sussurrai.

Ecco. *Oggi c'è un altro sorriso che non è merito mio,* rimugino distrutta.

Prendo il telefono. Entro nella chat delle Amiche.

Guardo la sveglia: sono le quattro, trentacinque minuti e una manciata di secondi.

Mi insinuo tra i cuori di Penelope e i "ti voglio bene" di Lucilla.

"Ho bisogno di aiuto" scrivo.

Poi bacio Osso e mi addormento.

0

DA DOMANI SI COMINCIA A VOLARE

«Flò, Flò, lo slip a vita alta per la signora Conticini me lo vuoi passare, sì o no?»

«Sì, Adele, perdonami, oggi sono un po' distratta.»

«Decisamente distratta» risponde lei stizzita.

Questa notte non ho praticamente chiuso occhio, tra le immagini di Silvia e i discorsi delle mie amiche. E la sveglia delle sette è stata più dura del solito.

Lucilla ha provato a chiamarmi non appena mi ha vista online su WhatsApp, ma io ho evitato di rispondere.

Ero certa che, malgrado avessi ammesso di avere bisogno di una mano, l'eccessiva sincerità di Lucy ci avrebbe portato a discutere ancora. E poi continuo a credere che non si possa superare il dolore dell'abbandono di un padre grazie a un tipo che nella vita mette i dischi e fa il buffone dietro a una consolle.

"I vuoti non possono essere colmati" è d'altronde la certezza entro cui mi muovo da quando Filippo se ne è andato.

Trafelata, ho portato giù Osso per i soliti bisogni mattutini e lui, come se avvertisse la mia fretta e se ne volesse prendere gioco, ha impiegato un bel po' per decidere di liberarsi dei croccantini della sera prima.

«Hai forse bisogno di leggere un giornale?» gli ho chiesto a un certo punto, seccata.

Lui, però, ha continuato a odorare ogni filo d'erba del praticello di fronte a casa nostra che da anni è la sua toilette. «Osso, sei proprio un maschio!» ho esclamato spazientita da quell'attesa.

Per questo sono arrivata al negozio con dieci minuti di ritardo e Adele non si è certo fatta sfuggire l'occasione di sottolinearlo.

Adele non è la collega ideale. Lavoriamo insieme da tre anni, ma non ho ricordi di una chiacchiera in confidenza, di un segreto scambiato e neppure di un sorriso. Ha cinquantacinque anni ed è single per scelta, almeno così sostiene lei.

Io credo che in realtà si porti dietro qualche sofferenza di cui non vuole parlare, o almeno questa è l'idea che mi sono fatta. Completamente chiusa e inaccessibile, completamente assorta nel suo mondo. Ho imparato a conviverci, rispettando i suoi silenzi e quegli spazi che non consente a nessuno di invadere.

A volte mi dico che la direzione del negozio ci ha accoppiato proprio male. Io, almeno nell'ultimo anno, non faccio che vivere di ricordi e di angoscia. Lei, ancora non ho capito se di ricordi da cullare ne abbia mai avuti.

Eppure è una bella donna, con i capelli castano scuro poco sotto l'orecchio e grandi occhi chiari. È minuta e credo che se ne faccia un problema. Indossa sempre minimo dieci centimetri di tacco, nonostante i quali non raggiunge il mio metro e settantadue. Inoltre sta sempre attenta a non starmi accanto, e questo mi conferma che la sua bassa statura rappresenta per lei un vero cruccio.

Lo Chapeau è un piccolo negozio nel cuore di Firenze, proprio vicino a piazza del Duomo. Ma non è uno di quei posti con la musica di Lady Gaga a palla che ti rincoglionisce come una serata a base di tequila sale e limone. Lo Chapeau è un luogo diverso. Forse non è neppure giusto definirlo un negozio. È piuttosto uno scrigno. Uno scrigno di quelli con la chiusura cesellata e il lucchetto "serba desideri".

Per accedervi bisogna salire quattro scalini. Non tre. Tre sarebbe stato il numero perfetto, atteso e giusto. Ma il quattro proprio non esiste tra i numeri considerati accessibili nella testa di noi donne. Perché quattro ha un senso troppo denso. Quattro ricorda impegni e responsabilità. Quattro è la metà di otto. Otto è l'infinito. Quattro ha tutta l'aria di un infinito a metà. Ecco perché non esiste nella mente di una donna.

Attraverso il vetro della porta si intravedono luci soffuse e un leggero tintinnio annuncia l'arrivo delle clienti. Ed è proprio quel tintinnio che ti accompagna alla scoperta dello scrigno. Uno scrigno che innanzitutto riesci a sentire, tanto è intenso il profumo che si respira: arancia amara, cannella, anice stellato e una preponderante nota di malvasia.

Tutto ciò che si può desiderare qui c'è.

Lo Chapeau è costruito infatti sul desiderio e sulla percezione della femminilità. Tanti cassettini e per ognuno un desiderio e per ogni desiderio un pomello di maiolica azzurra.

Vendere intimo da anni mi ha aiutato a conoscere le donne ancor prima che parlino. Vivere ogni giorno tra brasiliane, tanga, push-up, guêpière, baby-doll e pigiami di seta mi ha aiutato a capire come spesso già dalla borsa, dal giubbotto o dalla camminata si possa intuire cosa una femmina indossa sotto gli abiti. Infatti spesso il martedì, sedute allo Spritztime con Penelope e Lucilla, ci divertiamo a osservare le persone, e per ogni donna io mi diverto a scommettere sulle mutande che indossa.

Mi piace questo lavoro perché mi regala la sensazione di entrare nella parte più nascosta di ognuno e credo che dopo la decisione di interrompere gli studi lo Chapeau sia la fortuna più grande che mi sia capitata.

Fin da piccola sognavo di diventare psicologa, ma l'idea di dover affrontare cinque anni di università e un'infinità di limiti personali da superare forse mi spaventava troppo. Perciò quando mi assunsero allo Chapeau pensai che fosse un valido compromesso tra la mia voglia di lavorare e i sogni irrealizzati. Dopo aver fatto la cassiera in un paio di supermercati e l'assistente alla poltrona in uno studio dentistico, quanto meno quel negozio mi dava l'illusione di poter conoscere la gente in profondità.

Filippo ha sempre assecondato questa mia scelta, o forse non se ne è mai particolarmente curato, non saprei. È il classico uomo che non considera le rinunce e il senso di inadeguatezza. Per questo ha sempre evitato di prendere in considerazione la mia decisione di non proseguire gli studi. Non poteva essere paura e neppure fragilità, perché la fragilità non era contemplata negli occhi belli del cinese, ma solo l'incapacità. Incapacità di portare avanti un progetto. Ecco perché, in fondo, non mi ero preoccupata più di tanto di fargli conoscere i miei veri sogni.

Ero certa che mi avrebbe fatto sentire una fallita, più di quanto già pensassi di essere.

Sento il tintinnio della porta e finalmente ecco la prima cliente della giornata. Noto subito delle belle caviglie sottili, avvolte in un paio di calze nere velate, e delle orribili ballerine grigio topo morto! Mi chiedo come si possano acquistare delle scarpe simili.

Mi preparo mentalmente a tirar fuori degli slip taglia quinta, effetto drenante, snellente e magari con qualche accenno dell'effetto Lourdes. La donna che invece entra è bellissima e si porta dietro un buon profumo di vaniglia. Capelli neri fino alla vita e denti bianchissimi che quasi mi abbagliano mentre lei, sorridendo, dice "buongiorno". È sensuale e leggera, nonostante quelle ballerine grigio topo morto che distruggerebbero la femminilità di qualsiasi donna. Tranne la sua.

«Cercavo una guêpière» esordisce accennando un mezzo sorriso.

È sicura e consapevole, a dispetto delle ballerine grigio topo morto. Conosce la taglia, chiede il modello, non ha un attimo di incertezza, neppure sul colore.

È una sorpresa.

Sono abituata ad avere a che fare con insicurezze e idee confuse, sono abituata a dover rassicurare e tranquillizzare. Talvolta anche a mentire, ma gli anni di esperienza ormai mi hanno insegnato a farlo bene. «Sei sincera anche quando pronunci una bugia» mi ha detto una volta Adele, rivolgendomi probabilmente il primo e unico complimento di questi tre anni.

La professionalità accumulata nel tempo però serve a poco adesso, di fronte alla padronanza della cliente dalle caviglie sottili. Provo a chiederle se le serve altro, ma fa cenno di no con la testa, quasi volesse uscire al più presto dal nostro scrigno. L'accompagno alla cassa. Lei mi segue in silenzio.

Mentre estrae il portafoglio e sfila la carta di credito mi accorgo che la sua mano inizia a tremare. E allora provo a delineare dentro di me il profilo di quella donna così sensuale e mi domando se quella sua consapevolezza sia sicurezza o vergogna.

Porta la fede all'anulare sinistro, eppure sono convinta che quel gioiello in raso d'avorio non andrà a soddisfare i desideri del marito.

«Ha fatto un'ottima scelta» commento, riponendo la guêpière nella carta velina. «E poi il bianco sporco, come preferisco chiamarlo io» continuo, «è uno di quei colori che piacerà per sempre» dico e nello stesso istante me ne pento, ripensando a quel triste corridoio del tribunale.

«Niente è per sempre...» ribatte lei, portandosi i capelli lunghi di lato a coprirle il seno destro.

«Già» annuisco, «neppure l'amore.» Abbasso gli occhi e finalmente do un senso alle sue mani tremanti.

«Neppure l'amore» ripete lei e aggiunge: «L'ho imparato a mie spese. Cioè in realtà ancora non l'ho imparato, ma sto cercando di farlo».

«Non so se sia davvero possibile imparare qualcosa sull'amore» concludo scettica mentre continuo a confezionare la sua guêpière e accolgo quello scambio di parole come un dono.

«Sull'amore, non lo so» mi risponde, «ma su noi stesse, forse sì.»

«Che intende?» le chiedo dimenticando d'un tratto il mio ruolo. E dimenticando soprattutto che là dentro sono io la psicologa e le persone che entrano le anime indecise che hanno bisogno di essere capite.

«Cosa le manca?» mi domanda.

Resto spiazzata per qualche istante, poi replico di slancio: «Un po' di serenità».

«La serenità non viene dall'amore.»

«Flò! Il tuo telefono continua a squillare!» mi interrompe Adele.

Lo afferro. Lo guardo. Poi mi rivolgo nuovamente alla signora dalle ballerine grigio topo morto. «Quante notifiche. Eppure manca l'unica che vorrei.»

«Abbiamo una capacità noi donne» e stavolta mi sorride anche con gli occhi, mentre continua a fissarmi.

«E quale sarebbe?»

«Quella di riconoscersi.»

«In che senso?»

Non aggiunge altro, ma mi allunga un bigliettino, poi prende il suo pacchetto e se ne va, portandosi via il profumo di vaniglia, la femminilità, le caviglie sottili, le calze velate e quelle ballerine improbabili.

Mi chiedo che cosa sia, però, prima di leggere, temporeggio ancora qualche secondo, in modo che la curiosità diventi insostenibile. Probabilmente quel matrimonio è soltanto una facciata e magari su quel cartoncino c'è il suo numero di telefono. *In fondo, perché no, potrei pure provare,* mi dico. Considerato che gli uomini sono stati una sonora delusione, potrei risolvere il problema buttandomi sulla patata.

Rido da sola, immaginando la faccia delle mie amiche nel momento in cui svelo loro la mia omosessualità. Penelope mi consiglierebbe una seduta di yoga, mentre Lucilla mi risponderebbe: «Ciò che conta è che tu abbia ricominciato a scopare!».

Con la coda dell'occhio vedo che Adele si sta avvicinando, quindi mi affretto a leggere prima di infilarmi il biglietto in tasca.

Come guarire dalla dipendenza amorosa?
Con gli incontri per innamorate anonime.

Ogni giovedì sera alle 21, in via Pisana a Firenze, ti aspettano una love coach e un cerchio del mal d'amore. Non mancare.

Per un attimo sono incredula, poi penso che forse la donna dalle ballerine grigio topo morto sta cercando di pubblicizzare la sua attività di love coaching. Sarebbe una bella coincidenza: io dentro allo Chapeau gioco a esserlo, lei invece è davvero una dottoressa. Ma all'improvviso mi rammento anche delle mani che tremavano e delle sue parole, e mi dico che piuttosto doveva trattarsi di un'innamorata.

Ecco, sì. La guêpière avorio apparteneva a un'innamorata anonima. Una come me. Una che però è consapevole di esserlo, e che non si prodiga a capire le insicurezze degli altri solo per nascondere le proprie. Inspiegabilmente sento un'ondata di ottimismo impossessarsi di me.

Forse, questo è il mio giorno. Il mondo della psicologia mi ha sempre affascinato e magari la donna con le ballerine grigio topo morto è stata mandata da qualcuno per salvarmi.

Finalmente tutto cambierà, finalmente sarò di nuovo felice.

Prendo il cellulare, entro nella chat delle Amiche, cercando di ignorare le occhiate severe di Adele, e scrivo: "Ho trovato chi può aiutarmi!".

Tra l'altro oggi è mercoledì, perciò mancano poco più di ventiquattr'ore all'incontro con le innamorate anonime, e poi tutto passerà. Alzo il volume dello stereo. Le note di *Perfect* di Ed Sheeran danzano nell'aria insieme al profumo di malvasia e io mi ripeto che il dolore è fatto per essere superato.

In un battito di ciglia è davvero giovedì.

Sono talmente emozionata che ho chiesto al mio titolare il pomeriggio di ferie.

Ho scelto di trascorrere quelle ore con Osso. Ho pensato che una corsa tra i prati delle cascine avrebbe fatto bene a me e pure a lui. Osso ha sempre amato correre, ma in questi quindici anni ha sempre dovuto fare i conti con la mia proverbiale pigrizia. Di solito, nelle nostre uscite, mi porto dietro una pallina da tennis, così lui può divertirsi salterellando di qua e di là senza farmi sentire in colpa per la mia scarsa propensione all'attività fisica.

Oggi però è un giorno speciale e corro anch'io, eppure non so se ad andare più veloce siano le mie gambe o il battito del mio cuore.

Ogni tanto mi fermo e procedo a passo svelto. Osso mi guarda come a dire: "Non ce la fai più, vero?", ma io evito di incrociare i suoi occhi. Io sono la padrona e io comando, che diamine!

Estraggo il telefonino dalla tasca della tuta. Ci sono sette telefonate di mia madre. Eccolo di nuovo. Il sette che mi toglie il respiro.

Sette anni di matrimonio, sette anni più giovane di me Silvia. Sette i brillanti nella riviera che ancora tengo al dito. Sette i baci che, per promessa, Filippo mi dava ogni notte prima di addormentarmi: uno su ogni guancia, tre sulle labbra, uno sul naso e l'ultimo a sfiorarmi la fronte. Sette dicembre il giorno di quella maledetta udienza. E infine sette le chiamate perse di mia madre.

Il cinese definiva il rapporto tra me e mia mamma come una sorta di morbosa e impietosa dipendenza. Non so se ci fosse più gelosia o verità in quella definizione. Fatto sta che la mia vita dipende effettivamente in toto dalla sua. La mia serenità dipende dal suo giudizio; le mie scelte dal suo parere. Mamma mi ama, forse troppo. E infatti non mi ha ancora lasciata andare.

Negli ultimi tempi il nostro legame si è ulteriormente incrinato. Forse io non ho saputo chiedere aiuto nel momento del bisogno, ma sono abbastanza certa che lei non avrebbe saputo darmelo. È come se tutto quel dolore avesse dovuto trasformarsi in rabbia per farmi meno male e come se mia madre avesse dovuto essere la destinataria principale di quella rabbia.

«Pronto, mamma» rispondo all'ottava chiamata.

«Flò, ti cercavo per sapere se allora il giorno della Vigilia di Natale lo passerai con noi» esordisce.

«E dove se no?»

«Ti ho chiamato diverse volte» continua, «ma dove sei?»

«A correre.»

«A correre?» mi chiede sbigottita. «Ma tu non corri mai!»

«Ho cambiato idea» sbuffo, indecisa se mi sento più infastidita dalle mille domande o dal sudore che mi cola sulla fronte.

«E il lavoro?» Il suo tono è così sospettoso che sembra la proprietaria dello Chapeau.

«Ho preso un pomeriggio di ferie.»

«Non me lo hai detto!»

«Me ne sono scordata!»

«Stai forse cercando di non parlarmi più?»

«A dopo, mamma» evito di rispondere e premo il tasto di spegnimento.

Ti parlo poco ma ti penso tanto, avrei voluto dirle. Ma non avrebbe capito.

«Le ferie sono fatte per perdere tempo» dico ad alta voce quando, dopo la corsa, la doccia e una cena leggera, mi rendo conto che sto facendo tardi al mio appuntamento in via Pisana.

Afferro il casco Big Babol, lo zainetto con le borchie argentate e mi precipito giù per le scale, percorrendo quei quattro piani con la felicità di una bambina che sta per incontrare Babbo Natale.

Salgo sul motorino e raggiungo la strada del mal d'amore. Mentre percorro quei pochi minuti di strada, penso a come potrei presentarmi, a cosa raccontare. Penso che magari a fine riunione capirò come riconquistare Filippo o come dimenticarlo del tutto. Di certo dopo quest'incontro non sarò più la stessa.

Parcheggio poco distante dall'indirizzo indicato sul biglietto da visita. Mi ravvio i ricci e mi ripasso un velo di lucidalabbra. Voglio essere perfetta per presentarmi al cospetto dell'amore.

Il cuore inizia a galoppare così forte che la corsa di questo pomeriggio alle cascine mi sembra sia stata una passeggiata tra anziani.

Arrivo a destinazione e mi trovo davanti a una lunga discesa, al termine della quale scorgo una specie di garage. Inizio a rimuginare attentamente su cosa sto facendo, su cosa mi aspetto. Su cosa voglio, sulla tristezza che sento, sulla difficoltà di reagire. Mi dico che l'amore non si insegna né si impara, ma al contempo cerco di richiamare l'entusiasmo che ho provato ieri mattina, tento di farmi forte dei miei pensieri positivi.

E così muovo il primo passo, convinta della mia decisione e di quello che voglio. Poi faccio il secondo, e il terzo. Arrivano il quarto, il quinto, il sesto e infine il numero sette. Eccolo, eccolo nuovamente qui a ricordarmi chi sono.

Sette anni di matrimonio, sette anni più giovane di me Silvia. Sette i brillanti nella riviera che ancora tengo al dito. Sette i baci che, per promessa, Filippo mi dava ogni notte prima di addormentarmi: uno su ogni guancia, tre sulle labbra, uno sul naso e l'ultimo a sfiorarmi la fronte. Sette dicembre il giorno di quella maledetta udienza. Sette le chiamate perse di mia madre. Sette i miei passi verso quel garage.

La discesa a quel punto mi sembra non finire. Stringo i pugni e gli occhi che si stanno inumidendo. Le Timberland color ghiaccio che indosso raccolgono la prima lacrima di questa sera.

Forse non voglio rinascere, perché non voglio dimenticare Filippo. Forse la donna dalle ballerine grigio topo morto mi ha illuso e ingannato; mi chiedo chi sarà mai quella love coach, sarà una che avrà solo voglia di prendersi il mio tempo e i miei sentimenti. Forse io, Florinda Bianchi, trentasei anni, commessa allo Chapeau, in fondo ce la posso fare da sola. Perciò di colpo mi giro per ripercorrere la salita e lo faccio così velocemente che Osso sarebbe fiero di me.

Salgo sul motorino, non sapendo dove andare, eppure un quarto d'ora più tardi mi ritrovo allo Spritztime. Mi siedo al lungo bancone in mogano scuro.

«Fammi un Negroni, Giovanni» gli chiedo aggiustandomi i ricci.

«Sei sola stasera, Flò?» mi chiede lui.

«Mi sembra evidente!»

«Come mai?»

«Ho voglia di fare l'amore» sussurro fissandolo.

Dopo il primo Negroni, arriva il secondo, il terzo e forse pure il quarto.

Alle due, chiuso il locale, andiamo a casa sua.

Quando si spoglia lo guardo e mi dico che però... Il cinese avrà pure avuto tante doti, ma Giovanni sotto certi punti di vista lo batte. Ha i capelli rasati e gli occhi neri. Qualche chilo di troppo che però scompare in questa notte di follia.

E mi faccio scopare. Come se stanotte fosse la fine di tutto. Urlo come nei film. Ho sempre desiderato per una volta provare a gridare come nei film.

Vengo dopo pochi minuti, tanta era la voglia.

«Resti a dormire qui?» mi chiede dopo, mentre io cerco di rivestirmi tra l'imbarazzo del momento e l'alcol che ancora mi scorre nelle vene e che non mi fa sentire stabile sulle gambe.

«C'è Osso che mi aspetta» rispondo in un soffio, non potendo nemmeno contemplare l'idea di dividere il letto con qualcuno che non sia Filippo.

Esco dall'appartamento di Giovanni e mi chiedo per un istante dove sono. Sono troppo sbronza per il motorino, quindi chiamo un taxi. Nel salire sulla Fiat Tipo bianca, provo vergogna e penso che pure il tassista si accorga che ho fatto l'amore con il gestore dello Spritztime.

Passo i successivi dieci minuti con gli occhi chiusi, cercando di farmi largo tra i ricordi del Negroni, del sesso, delle mie urla e dell'orgasmo fortissimo.

Giovanni abita nella zona di Porta Romana e per raggiungere casa mia, sebbene ci siano varie alternative, l'unica cosa che anche al tassista viene naturale fare, perché scorre nel Dna di noi fiorentini, è percorrere tutto il viale dei Colli e salire verso il piazzale Michelangelo.

Guardo tutto come se fosse la prima volta: a destra San Miniato e a sinistra quella cartolina che è la mia Firenze. Penso alle tante sere passate lì con Filippo, specialmente d'estate con un pezzo di anguria tra le mani e un amore folle dentro al cuore.

Si percepisce subito la diversità intanto che si sale. Il traffico lascia spazio al verde e io osservo incantata le ville, le fontane, i piccoli giardini e gli alberghi extra lusso. Saranno forse cinque chilometri ma vorrei non finissero. Perché quando arrivi a piazzale Michelangelo non ti affacci su una città. No. Ti affacci sulla tua esistenza. E allora tutto sembra risolto. Anche per me, perché mi sento protetta tra quegli alberi, stretta in quella Tipo bianca, con una sbronza addosso e il corpo svuotato.

Tiro fuori il portafoglio per prepararmi a pagare e mi imbatto nuovamente in quel biglietto.

Digito il numero sul cellulare, prima di registrarlo però entro nella chat Amiche.

"Flò dove sei? P."

"Flò, dove cazzo sei? L."

Provo un certo disagio a essere oggetto di tanta preoccupazione, come se nessuno credesse che sono capace di badare a me stessa.

Riguardo il numero di telefono e mi assicuro di averlo inserito correttamente, ripetendo tra me una cifra alla volta. Poi scrivo: "Troppo lunga quella discesa! Per colpa sua e dei suoi maledetti incontri ho scopato con uno di cui non me ne frega niente e ho urlato come nei film. Ha presente i film? Quelli di sesso? E ha presente il dolore, quello vero? Come se poi servisse un garage! Flò".

Do sfogo a tutta la rabbia che sento, certa che questo messaggio mi tornerà indietro, perché apparterrà a una segreteria, a un call center, a qualsiasi cosa senza cuore.

«Signorina, siamo arrivati» dice il tassista.

«Ah, sì... quant'è?»

Avverto un *bip*.

"Troppo lunga per chi ha paura. Ah, sono la love coach. E."

Rimango un attimo perplessa, poi sicura di me, delle mie urla e dei tanti Negroni, rispondo: "Io non ho paura, semplicemente non mi va di raccontare i fatti miei a tante sconosciute".

"Sono sconosciute che però vivono situazioni simili. Condividere il dolore può essere terapeutico."

"Ho già delle amiche con cui condividere. Non ho bisogno di trovarne altre."

"Sarebbe un rapporto diverso."

"Il diverso non mi piace."

«Signorina, sono diciassette euro» insiste il tassista.

«La prego, ora non è il momento!» lo zittisco, dicendomi che quest'uomo ha lo stesso poco tatto di Salimbeni.

"Sono stata abbandonata da Filippo, e ho trascorso la notte con Giovanni! Capisce? Con Giovanni!"

Nessuna risposta.

"Se ci fosse la possibilità di fare qualcosa senza presentarsi in quel fottuto garage, sarei pronta a farlo!"

"Una possibilità c'è sempre. E."

"E che devo fare per averla?"

«Gli euro sono diventati diciannove» il proprietario della Tipo bianca si volta, visibilmente irritato.

«Le ho detto che non è il momento, Salimbeni!»

«Ma io non sono Salimbeni!»

Gli do venti euro ed esco di corsa.

Infilo le chiavi nel portone.

"Dire la verità" è il nuovo sms della love coach.

"Gliel'ho appena detta!"

Attendo uno, due, tre, dieci secondi, ma nessuna risposta.

Salgo nuovamente quei quattro piani, quelli che mi danno o mi tolgono il fiato a seconda dei momenti. Apro la porta, metto il guinzaglio a Osso che scodinzolando mi ricorda di quante cose semplici sia fatto l'amore.

Raggiungiamo i nostri soliti giardini. Il cellulare in tasca, segno di aiuto o di maledizione. Lo controllo ancora.

C'è un messaggio di Giovanni. Lo cancello prima di leggerlo. E diciotto messaggi sul gruppo Amiche. La love coach invece si è già dimenticata di me.

Alzo gli occhi al cielo e vedo che la luna mi sta guardando. È in quell'istante che mi travolge prepotente il ricordo di Filippo e del nostro primo incontro.

Fu a una cena, a cui mi ero aggregata all'ultimo più per fare un favore a Lucilla, che doveva andarci per tampinare la preda di turno, che per mia volontà. L'appuntamento era stato fissato per le nove, ma non iniziammo a cenare prima delle dieci. Quindici persone già sedute a un tavolo, di cui io a dire il vero conoscevo solo Lucilla. Quindici persone in attesa di questo "famoso cinese" che, appena finita la partita di tennis, ci avrebbe raggiunto.

Odiavo il cinese senza neanche conoscerlo e alle 21.45 avrei mangiato pure una carpa in umido.

Il cinese arrivò a cinque minuti alle dieci. Fece il suo ingresso trionfale, tra i saluti di chi lo conosceva e gli sguardi di chi non sapeva chi fosse. La maggior parte delle ragazze presenti rimase incantata dal suo metro e novanta, dagli occhi allungati e dai capelli spettinati, io ero indecisa se guardare lui per fargli capire quanto era stato maleducato o la cameriera per pregarla di allungarmi almeno un tozzo di pane.

Un "era ora tu arrivassi" mi scappò inaspettatamente; a quanto pareva i morsi della fame mi stavano facendo sragionare.

Lui si voltò verso di me.

Indossavo una maglietta bianca che valorizzava la mia abbronzatura dorata, i ricci mi ricadevano morbidi sulle spalle, avevo le unghie laccate di rosso e i jeans.

Mi guardò per un istante.

Quello che per me fu un istante, a tutti gli altri sembrò un sempre.

Si avvicinò.

«Tu lo sai, vero, che io ti chiederò di sposarmi?» mi disse.

Poi mi si sedette di fronte.

A fine serata scoprii la sua fama di latin lover. Scoprii che nessuna donna resisteva al suo fascino e che aveva infranto una ventina di cuori solo nell'ultimo mese. Ma ormai era tardi.

Quella sera rientrai a casa con il suo numero tra le mani. Osso aveva già capito che ero troppo eccitata per la solita giratina serale, e allora si distese sul tappeto della sala a osservarmi mentre prendevo il cellulare. Senza pensarci troppo gli scrissi: "E tu lo sai, vero, che io potrei dirti di sì?".

Le lacrime iniziano a scendere senza controllo insieme ai ricordi che feriscono.

Mi guarda la luna.

Mi guarda Osso.

E sono certa che da qualche parte mi stiano guardando anche Penelope e Lucilla.

Prendo il cellulare.

"Sono Flò e ho paura" scrivo in un istante alla mia love coach.

Il messaggio di risposta non tarda ad arrivare.
"Allaccia le cinture di sicurezza, Flò" recita.
"Perché?" digito asciugando l'ultima lacrima.
"Perché da domani si comincia a volare."

1

LASCIA CHE LA TUA RABBIA DIVENTI TRISTEZZA

«Ragazze, che emozione» grida Lucilla sorprendendoci alle spalle.

Siamo davanti a Tutto sposa, una delle più belle boutique alle porte di Firenze. Stranamente, per una volta, io e Penelope siamo state le prime ad arrivare, mentre di solito l'onore spetta a Lucilla.

Le giornate della nostra amica sono fatte di mille commissioni, incontri improbabili e impegni assolutamente prorogabili. Amministra infatti il patrimonio di famiglia, o almeno questo è quel che sostiene di fare. Il suo bisnonno è stato il fondatore di una delle aziende vinicole più famose d'Italia, che ha sede in un borgo alla periferia di Firenze.

L'azienda è oggi condotta dalla madre di Lucilla e dai suoi due fratelli. Lei si limita alle pubbliche relazioni, a riempire di scarpe i suoi armadi e a collezionare uomini.

Ormai io e Penelope abbiamo rinunciato a farla ragionare, o quanto meno a provarci.

A diciott'anni, ferita da un ragazzotto di poco più grande di lei, su cui aveva investito oltre al suo amore anche un centinaio di bottiglie preziose del marchio di famiglia, e che la lasciò per una delle sue più care amiche, decise di usare gli uomini esclusivamente per il sesso.

Sostiene che, se la domenica è il giorno del Signore, il sabato è quello dedicato all'accoppiamento. Perciò ogni sabato, o quasi, esce con un uomo diverso; non appena rientra a casa apre la nostra chat e, prima di iniziare a stilare la votazione nei confronti del malcapitato di turno, esordisce con la sua solita frase a effetto: "Scopare sì, ma mai dormire insieme".

Più volte ho cercato di parlare con Lucilla delle sue relazioni, ma le sue risposte sono sempre state abbastanza evasive, e con il tempo mi sono resa conto che in fondo quella spavalderia era soltanto una giustificazione per mascherare un disagio maggiore.

Al di là dei lustrini e della vita sfarzosa, Lucilla è sempre molto restia a parlare della sua famiglia. Nonostante gli innumerevoli anni di amicizia che ci legano, ho conosciuto sua madre solo di sfuggita e mi ha raccontato del padre pochissime volte. L'uomo che, più o meno quando la mia amica aveva sedici anni, decise di lasciare la moglie e i figli per una ballerina ventenne di flamenco.

Il tradimento del padre deve aver rappresentato per Lucy il tradimento da parte dell'intero genere maschile. Ed è per questo che secondo me abbandona ancor prima di correre il rischio di essere abbandonata.

La nostra chat del sabato sera è davvero un appuntamento immancabile e sia io sia Penelope aspettiamo con ansia di conoscere gli esilaranti commenti di Lucilla. Penelope, d'altronde, non ha granché da fare: di solito il sabato notte lo passa sveglia ad aspettare il rientro del figlio dalla discoteca. E, malgrado la sua mentalità un po' bigotta, la sincerità travolgente di Lucilla l'ha portata a smorzare i suoi toni perentori almeno in parte.

Per quanto mi riguarda, invece, da quando mi sono separata da Filippo, oscillo tra tisane, divano e la tv, per lo più indecisa tra *C'è posta per te* e le repliche di *Grey's Anatomy*. Le votazioni di Lucilla, pertanto, portano sempre un'ondata di allegria nei nostri sabato sera ormai spenti.

L'organizzazione del matrimonio di Lucilla procede velocissima: la data è fissata per il 14 febbraio e quindi mancano meno di due mesi per decidere tutto, ma per prima cosa il vestito.

«Siamo emozionate anche noi» le sussurra Penelope dandole un bacio sulla guancia.

Il negozio è un trionfo di luci, lustrini, corsetti e paillettes. Il bianco mi ricorda per un attimo il maledetto corridoio del tribunale, ma cerco di scacciare i pensieri per non rovinare il pomeriggio della mia amica.

«Flò, poi non ci hai più detto niente, ma chi è la persona che può aiutarti?» mi chiede Penny, che ha la capacità in ogni circostanza di prestare la sua attenzione a tutti, ricordandomi come riesca a essere ostetrica anche fuori dall'ospedale, dando forza e coraggio. Sempre e comunque.

«Oh, nessuno di importante, falso allarme!» rispondo, felice di essere riuscita a levarmi velocemente dall'impiccio delle grandi spiegazioni.

La commessa ci raggiunge e invita Lucilla ad andare nel camerino per provare il primo abito, quello che ha visto sul dépliant e di cui si è innamorata, in sostanza quello per cui siamo qui.

A Penelope nel frattempo squilla il telefono e, nonostante il tono di voce basso, posso intuire che sta aiutando la figlia più piccola con un problema di matematica. Immagino che se fossi al suo posto avrei già iniziato a brontolare per essere stata disturbata nel mio pomeriggio libero. Ma Penelope, invece, sa perdonare qualunque cosa. Tranne se stessa, s'intende.

Frugo nel mio solito zainetto alla ricerca del telefonino e del messaggio che aspetto e che in fondo riempie ogni mio pensiero.

La notte tra giovedì e venerdì l'ho trascorsa a scrivere alla mia love coach.

Mi ha infatti suggerito di inviarle una mail per raccontarle la mia storia e come mi sentivo. Ho accettato immediatamente e mi sono messa subito al computer, buttando giù un sacco di pagine che avrei potuto intitolare *Le mie memorie.*

Seduta al tavolo della cucina, con accanto una tisana allo zenzero e Osso accucciato ai miei piedi, ho dato libero sfogo alle mie emozioni. Le ho raccontato di Filippo, di come ci eravamo conosciuti, degli anni di matrimonio, del tradimento, ma non solo. Le ho scritto del rapporto conflittuale con mia madre, quello che non ha una spiegazione, che non conosce inizio né fine, ma che è fatto di incomprensioni, di amore infinito e parole non dette. E su questo punto mi sono dilungata tantissimo perché è uno di quegli argomenti che ogni volta mi attanaglia. Le ho parlato dell'amicizia forte che mi lega a Penelope e Lucilla e della mia incapacità di essere felice per l'imminente matrimonio della mia amica. Infine le ho raccontato della passione, ormai accantonata, per l'università e di quelle debolezze che ogni giorno si impadroniscono di me.

Il pomeriggio del venerdì finalmente ho ricevuto la risposta di questa fantomatica E.

Quasi dieci ore di logorante attesa per poi leggere un semplice: "Grazie".

Nient'altro. Ero delusa e infastidita. Avevo appena aperto il mio cuore a una sconosciuta, le avevo permesso di aiutarmi e l'unica sua risposta era stata un grazie!

Ho iniziato a pensare che forse neppure lei avesse le parole giuste per consolarmi.

Sono un caso disperato, mi sono ripetuta. *Tanto vale rassegnarsi.*

È bastato un semplice grazie per privarmi di tutto l'entusiasmo. È bastato un grazie da parte della regina del garage per farmi dubitare dei miei propositi.

«Dio, Lucilla, sei bellissima» la voce emozionata di Penelope mi riporta d'improvviso nel negozio di abiti da sposa.

Vedo la mia amica avvolta in una nuvola bianca. I capelli rossi raccolti in uno chignon improvvisato per l'occasione. Il corpetto strettissimo e la gonna drappeggiata in degradé verso il lungo strascico. Quello che Lucilla ha definito l'abito dei sogni è davvero l'abito dei sogni.

Penny non resiste e corre ad abbracciarla. Io ho paura di piangere e allora resto un passo indietro. Loro mi capiscono al volo. Questo significa essere amiche da sempre, significa dirselo senza dirsi niente.

Lucilla rientra in camerino mentre Penny scambia qualche parola con la commessa di Tutto sposa, decisamente su di giri per essere riuscita a vendere, in pochi minuti, uno degli abiti più costosi dell'ultima collezione. Io sono ancora leggermente in disparte, quando sento arrivare la notifica di una mail. Non resisto alla curiosità e leggo:

Sette saranno le cose che dovrai fare. Solo il superamento della precedente ti consentirà di passare alla successiva. Io saprò capire quando sarà il momento. Ma tu dovrai essere pronta a scommettere su te stessa. Io ci sarò. Sarò lontano, ma vicino. Saprò aiutarti rispettando la tua volontà di non avere incontri personali. Se ritroverai la tua serenità, se io vincerò questa sfida, sarai tu a presentarti a me. In caso contrario, falliremo insieme. Ma, semmai dovessi tornare a sorridere, ecco, quella sarà la mia ricompensa. Questo è tutto. E.
P.S.: mi correggo. Non sarai la sola a puntare su te stessa. Su di te ci scommetto pure io.

Mi dico che non è possibile, eppure ancora una volta il sette torna. Prepotente e affamato di me.

Sette anni di matrimonio, sette anni più giovane di me Sil-

via. Sette i brillanti nella riviera che ancora tengo al dito. Sette i baci che, per promessa, Filippo mi dava ogni notte prima di addormentarmi: uno su ogni guancia, tre sulle labbra, uno sul naso e l'ultimo a sfiorarmi la fronte. Sette dicembre il giorno di quella maledetta udienza. Sette le chiamate perse di mia madre. Sette i miei passi verso quel garage. E ora sette le cose che mi separano dalla felicità.

Non so se essere sollevata o meno.

E me ne stupisco perché mi rendo conto che stavo iniziando ad abituarmi al mio ruolo di vittima.

Con il tempo sono diventata comoda nel mio dolore, invece in questo istante realizzo che forse la felicità costa fatica.

Ho bisogno di pensare prima di rispondere.

Ho bisogno di metabolizzare.

«Ragazze, perdonatemi, ma vi devo lasciare» mi affretto a dire. «Mia madre, quella che ha ogni dote del mondo tranne il tempismo, pare che abbia bisogno di me. Lucilla, sei perfetta. Perfetta. Non te lo dimenticare.»

Abbraccio anche Penny e in pochi minuti raggiungo casa mia.

Mi siedo sul divano nero imbottito e mi tolgo le scarpe e le calze. Poi prendo un bicchiere di rosso.

Avverto improvvisa la voglia di rileggere la mail che ho inviato a E. come se in qualche modo dovessi riappropriarmi di quei pensieri, come se dovessi ricordarmi che senso ha la mia sofferenza.

È un elenco di tutte le ferite che mi porto dietro e di tutta la mia rabbia.

Osso con il suo muso si insinua tra le mie gambe. È ora di cena, mi sta ricordando.

Realizzo che è sabato sera e che io non ho nessun impegno se non quello di piangermi addosso.

Penso che è sabato sera e che Osso non ha nessun impegno se non quello di dormirmi accanto.

Ci meritiamo una botta di vita. Perciò tiro fuori una pizza dal congelatore e la scaldo al microonde. Poi apparecchio davanti alla tv. Un piatto con una margherita per me. Una ciotola rossa con ottanta grammi di croccantini per Osso.

In poco più di cinque secondi lui ha già divorato la sua cena.

«Non sei per niente di compagnia» gli dico.

Lui mi guarda con i suoi occhi verde marcio e si siede a zampe larghe. È sgraziato. È buffo, è goffo. È Osso.

Adesso però ho proprio bisogno di una bella commedia.

Prendo un dvd e per un paio d'ore mi distraggo con

delle risate, riflettendo su quanto faccia bene sorridere ai muscoli facciali.

Penso quindi che non è più il caso di rimandare e allora afferro il telefonino, finalmente decisa a rispondere alla mia love coach.

"Sono pronta, quando iniziamo?"

"Domani" risponde lei immediatamente.

Ho bisogno di distrarmi, di non rimuginare o semplicemente di farmi ancora più male. Perciò entro su Facebook. Silvia e Filippo sono a Siena. Mi chiedo se anche a lei avrà comprato lo zainetto con le borchie argentate in quel negozio che mi piaceva tanto.

Il *bip* di un sms per fortuna mi distrae.

Spero in una parola di coraggio da parte di E., invece è mia madre.

"Flò, cosa stai facendo?"

La rabbia sale.

Entro nella chat delle Amiche.

"Flò, che fai?"

Mi manca il respiro.

Non vorrei rispondere, ma so che devo.

È un copia-incolla il mio. Perché per tutti ho un'unica risposta.

"Aspetto domani" scrivo.

Dopodiché spengo il telefono e pure la tv.

All'improvviso sento Osso leccarmi la faccia. Vuole avvisarmi che è domenica mattina e sono le otto passate.

Nonostante mi sia impegnata a insegnargli a rispettare il weekend, il mio super meticcio in quindici anni di convivenza non ha ancora capito che deve lasciarmi riposare almeno fino alle nove.

Filippo spesso sosteneva che quando avessimo avuto un figlio non avremmo subìto il trauma degli orari come tanti genitori. Osso ci aveva abituati.

Quello dei figli in realtà era un argomento di cui non parlavamo volentieri. All'inizio per volontà comune avevamo deciso di aspettare per goderci un po' la vita insieme, poi alternavamo periodi in cui Filippo si dichiarava pronto e io inadeguata ad altri in cui io mi autoconvincevo e lui invece mi metteva un freno.

Quando scoprii dell'esistenza di Silvia, ero da poco sicura che fosse finalmente arrivato il momento giusto. Avevamo fatto l'amore un paio di volte senza ricorrere alle consuete precauzioni. Ma Dio scelse al posto nostro. E oggi mi dico che ha fatto la scelta più sensata perché dopo si è distrutto tutto.

Mi allungo verso il comodino e riaccendo il telefonino. Un *bip* mi avverte che qualcuno, in queste mie ore di buio, mi ha pensato.

"Oggi alle quindici, in via del Termine: sii puntuale e cerca Jack. E."

Apro immediatamente Google Maps per capire dove sia questo posto. È una strada piuttosto isolata, a quanto pare. Intuisco la presenza di campi e soprattutto di fabbriche.

Sicuramente non mi chiederà di fare shopping, penso delusa.

Qualche istante dopo, però, l'ansia sale insieme alle domande. Chi sarà mai questo Jack? Se fosse solo una trappola per uccidermi? In fondo io non so niente di questa E., in fondo è una che, dopo che avevo scopato con Giovanni ed ero in preda al panico, mi ha ascoltata. Lei sa molto di me, io di lei nulla. Non so quale sia stato il suo percorso di studi, non so se ama gli animali come me. Non so se abbia mai amato come me.

"Non avere paura, Flò. Ce la farai. Si tratta solo di farsi una doccia, un respiro profondo e di provare. Non hai niente da perdere."

Per fortuna nel bel mezzo del mio sconforto arriva il suo messaggio. Ed è proprio quel "non hai niente da perdere" che mi aiuta a scacciare i pensieri. In fondo peggio di così non potrebbe andare.

Accendo lo stereo. E ascolto a ripetizione le mie canzoni preferite dei Cranberries: da *Zombie* a *Linger* e *Dreams*, per passare ad *Analyse* e finire con *Just My Imagination*.

Esco di casa con largo anticipo, perché il terrore di non riuscire a trovare l'indirizzo mi ha tormentato per tutta la mattina. Ho sempre pensato che la paura di sbagliare strada sia frutto di una miseria più profonda che mi porto dentro. Ma adesso non è certo il momento di scoprirlo. O probabilmente avrei dovuto proseguire gli studi per capirmi meglio...

Porto Osso con me, ho bisogno di qualcuno di cui fidarmi. Nella mia Smart bianca, io e il meticcio continuiamo a stordirci con la musica a tutto volume, finché non mi trovo in via del Termine.

Leggo incredula: AUTODEMOLIZIONE PARADISO.

Controllo di nuovo l'sms di E. per assicurarmi di aver inserito correttamente la via nel navigatore. È giusta.

Che cosa c'entro io con un'autodemolizione?, mi chiedo perplessa.

Chiudo la Smart, lasciando Osso sul sedile del passeggero con il finestrino leggermente abbassato.

Un signore sulla cinquantina, con i capelli neri e una lunga barba folta, mi viene incontro.

Immagino che sia Jack. Benissimo, oltre al nome ha pure l'aspetto del serial killer.

«Osso, lascio tutto a te» borbotto al mio meticcio.

«Tu devi essere Florinda» dice.

«Flò, per carità» ribatto di getto.

«Questo è per te. Io ritornerò tra un paio d'ore.»

Inspiegabilmente non mi uccide.

Inspiegabilmente è pure gentile.

Mi mette un bigliettino tra le mani, spalancando poi le porte dell'autodemolizione.

«Grazie» mormoro con la voce che trema e gli occhi sbarrati.

Apro il biglietto.

Flò, tu hai la possibilità oggi di sfogare tutta la tua rabbia. È la tua occasione. Ce la farai. E.

Non capisco. Abbasso lo sguardo. Mi sento nuda. Nuda e sola. Mi volto verso destra: appoggiata a un casottino in legno, che credo sia l'ufficio di Jack, noto una mazza da baseball.

E io che dovrei fare adesso? Distruggere tutto?

Mi sembra la scena di un film, una scena surreale, stupida e infantile. Mi sembra finzione, mi sembra maschera, mi sembra bugia. Stringendo il biglietto tra le mani mi piego sulle ginocchia. Le mani tra i capelli e gli occhi strizzati a richiamare o a scacciare la forza. Ancora non lo so.

Quando li riapro, c'è un attimo di buio. La violenza con cui li ho chiusi mi fa girare la testa, vedo soltanto immagini sfocate, come sfocato è il futuro. Solo il passato, con il dolore di ciò che è stato, è nitido dentro di me.

Ci sono tante macchine, e noto che la maggior parte è nera, e allora mi chiedo perché le persone scelgano le macchine nere. Perché non rosse? Come il cuore. Perché non fucsia? Come le femmine. Perché non gialle? Come la luna.

È un agglomerato di pezzi che sembrano non avere nulla in comune e che invece, ben assemblati, forse, un tempo, hanno significato qualcosa. È un'incredibile quantità di niente che forse in passato è stata un tutto.

Penso di essere una di quelle macchine. Ormai completamente distrutta, ormai completamente irrecuperabile. Penso che non ci sono i pezzi di ricambio e che forse in me è tutto sbagliato, pure il colore.

E in questo istante il ricordo di quella maledetta serata mi colpisce allo stomaco come un pugno. Sì, perché mi sono resa conto che, quando il dolore arriva, lo fa con la violenza di un mostro affamato che ti inghiotte in un attimo, insieme a tutte le aspettative di cui si prende gioco.

Era giovedì sera e avevamo appena mangiato una spaghettata di vongole e pistacchi che avevo imparato a cucinare di ritorno da Favignana. Filippo poi era andato a farsi la doccia, mentre io sparecchiavo la tavola.

Una volta messi i piatti in lavastoviglie, indossai una sottoveste grigio perla perché, sarà stata colpa delle vongole o dello Chardonnay, avevo una gran voglia di fare l'amore. Accesi l'abat-jour accanto al divano e mi sdraiai. Osso intanto russava ai miei piedi e io con gli occhi socchiusi canticchiavo sottovoce e mi mordicchiavo le labbra, come ogni volta in cui l'attesa era più estenuante del desiderio.

All'improvviso sentii le note di *Smoke on the Water*, la suoneria dell'iPhone di Filippo.

Entrai nella nostra stanza e notai la camicia celeste e i jeans che Filippo si era appena tolto. Frugai nella tasca dei pantaloni, seguendo le onde di quel suono.

Era sua madre.

Stavo per bussare alla porta del bagno quando il suono si interruppe, ma un secondo dopo arrivò un messaggio.

"Silvia" lessi in fretta. Quello era il mittente. "È stato bellissimo", quello era il testo.

Il mio cuore saltò un battito.

Glielo avevo ripetuto più volte, a Filippo, che le anteprime dei messaggi erano pericolose e ci avevamo pure riso su, perché una mia cliente mi aveva raccontato di aver scoperto così che suo marito era gay.

Non aprii il messaggio, non so se per rispetto della sua privacy o per paura. Mi sedetti sul bordo del letto. Sulla coperta arancione.

Filippo uscì dal bagno pochi minuti dopo. L'accappatoio beige, i capelli bagnati e gli occhi da cinese. Mi vide lì con indosso la sottoveste grigio perla che tanto amava. Poi vide il suo telefono tra le mie mani e il mio viso bagnato dalle lacrime.

È stato in quel preciso istante che Filippo mi ha deluso. Sì, perché Filippo avrebbe dovuto dirmi che mi stavo sbagliando, che avevo frainteso, che era stato un malinteso. O forse avrebbe dovuto dirmi che sì, mi aveva tradito, ma che lei non era niente, niente rispetto a me. Filippo avrebbe dovuto mentire, perché le bugie non hanno gli occhi lucidi. Perché la menzogna non costringe alla ferita. Il cinese avrebbe dovuto mentire come faccio io allo Chapeau, perché io avevo diritto alla sua bugia.

E, invece, disse soltanto: «Flò, mi sono innamorato di un'altra».

Ecco, pensai, *non sono riuscita neppure a sputtanare il traditore di turno.* No! Io in quell'istante stavo facendo un piacere a mio marito. Lo stavo sollevando dalle bugie, lo stavo lavando dai peccati. Perché la verità rende liberi e lui aveva una gran voglia di esserlo.

Tutto questo dolore mi investe e travolge ora, ora che

tra questi pezzi di macchine provo a ricostruire la mia vita. Ora che mi rendo conto che sono stata poco, o forse nulla. Nulla, al punto da non meritare neppure un: «Flò, non lasciarmi».

No. Perché lui non solo ha tradito. Lui mi ha lasciato. Lui ora è felice.

Afferro la mazza da baseball, quella che E. ha lasciato per me, e inizio a colpire forte, più forte che posso.

Colpisco Filippo. Le notti passate senza fare l'amore. L'isola di Favignana che ci aspetta invano, gli spaghetti alle vongole e pistacchi che non ha più assaggiato. Lo Chardonnay che non mi è più piaciuto. Colpisco le bugie di quando mi diceva che era stanco, di quando mi accarezzava il volto e mi sussurrava che sarebbe andato tutto bene. Colpisco Silvia e i suoi capelli biondi, il corpo perfetto e gli occhi azzurri. La loro gita a Siena. E colpisco pure mia madre che mi distrugge con la sua apprensione, colpisco il suo legame con mio padre così perfetto e anche quell'amore di famiglia che io non sono riuscita a cullare. Colpisco tutte le volte in cui ho avuto paura di non farcela, di non essere all'altezza. Le mattine in cui mi alzo e guardandomi allo specchio non mi vedo abbastanza bella per affrontare il mondo. I rifiuti che mi feriscono perché mi ricordano che non sono ciò che potrei. Colpisco il giorno in cui ho scelto i soldi rispetto al sacrificio e ho deciso di andare a lavorare invece di continuare gli studi. Colpisco tutte le volte in cui Filippo si occupava più di se stesso che di me, quando non mi lasciava lo spazio per parlare o quando io non facevo sentire le mie ragioni. Colpisco il tempo che non mi ha dato per dirgli che quello che stavo facendo non mi bastava più, che volevo studiare, che avevo un cassetto di sogni da spalancare. Colpisco le volte in cui lui pensava per entrambi senza chiedermi se mi stesse bene, o quando, sempre per entrambi, decideva se era il momento di essere felici o tristi. Colpisco quando sbagliava, eppure poi faceva sentire me quella inadeguata.

Colpisco tutti i giorni che non ho saputo vivere, ma da cui mi sono lasciata sopraffare. E colpisco tutto il coraggio che mi manca.

Non aspetto il ritorno di Jack, getto la mazza da baseball e corro verso la Smart. Osso mi guarda, seduto sul lato del passeggero come lo avevo lasciato. Metto entrambe le mani sul volante e immobile inizio a fissare davanti a me. Sento che tremo. Sento che muoio. Sento che non esisto. O che forse ci sono troppo.

Resto così per un tempo infinito. La luna fa capolino e mi guarda ancora una volta.

Non piango. No. Perché ho pianto tante volte. No. Ora

singhiozzo. Singhiozzo e mi manca l'aria. L'aria e il respiro. Mi manca il fiato e mi manco io.

Poi arriva il *bip* che mi scuote.

"Era necessario."

"Che cosa?" chiedo alla love coach.

"Che la tua rabbia diventasse tristezza. Che tu ne prendessi consapevolezza."

Accendo la radio.

Passa una canzone di Justin Bieber.

"Il dolore serve come serve la felicità" aggiunge.

«Osso, sarà davvero così?» chiedo al mio meticcio.

Lui mi dà la zampa.

Non ha capito niente.

O forse ha capito tutto.

Ma smetto di domandarmelo perché in fondo io lo so già.

2

RICOMINCIAMO DALL'ALBA

Il Natale non l'ho mai capito fino in fondo.

Sì, perché il Natale è subdolo e ambiguo. Ti sa rendere la persona più felice del mondo quando lo sei già. Ma se ti manca qualcuno, sembra fatto apposta per ricordarti quanto pesa quell'assenza.

Per la seconda volta nella vita odio le luci e le strade illuminate. I Babbo Natale sulle terrazze, e il traffico della corsa ai regali. Odio le persone infreddolite per le vie del centro piene di pacchetti e le confezioni con il fiocco rosso da preparare allo Chapeau.

È la seconda volta che odio gli Wham! che a rotazione passano alla radio ed è la seconda volta che non ho fatto l'albero a casa. Ci ho provato, ovviamente, non mi sono mica arresa subito. Sono scesa in cantina insieme a Osso e ho tirato fuori gli scatoloni che con tanta cura avevo riposto insieme a Filippo.

Ho rivissuto in un attimo tutto il dolore dell'anno scorso, quando da quasi venti giorni avevamo firmato un pezzo di carta per mettere la parola fine a tutto ciò che c'era stato. L'ultimo 25 dicembre che avevamo trascorso insieme invece era stato un trionfo di cuori. Il nostro albero era stato un trionfo di cuori dorati. *Strano come 365 giorni bastino a distruggere un albero, un Natale e tutti i regali che si porta dietro,* mi sono detta. *Come bastino una bionda con gli occhi azzurri e un ometto agguerrito per trasformare il nostro Natale in un elenco di cose da dividere.*

Guardare gli addobbi accanto al mio super meticcio mi ha gettato in uno stato di tristezza infinita, e sono scesa ancora più giù rispetto alla domenica dell'autodemolizione. Un baratro di tristezza. E che la mia love coach la chiami consapevolezza poco cambia, perché io continuo a soffrire.

In questi ultimi dieci giorni ho scritto tanti messaggi a E., eppure l'entusiasmo iniziale sembra svanito. Il percorso per la felicità non solo è difficile, è una grande cazzata. Perché i libri non te lo dicono che in questi cammini sono più le volte in cui pensi di non farcela di quelle in cui ti illudi del contrario.

È il 24 dicembre e sono appena arrivata a casa dei miei. Ogni promessa è debito e il fatto di trascorrere con loro questa Vigilia mi dà l'illusione di averla rispettata.

Mia madre mi apre la porta: «Forza, Flò, eh. Stanno per arrivare i parenti, cerca di sorridere».

L'apparenza è un aspetto fondamentale per mia mamma. Mi ha infatti insegnato che lasciarsi andare è consentito, però non davanti a tutti. E la tavola meticolosamente apparecchiata nei colori del rosso e dell'oro, con la tovaglia bianca, sistemata proprio davanti alla finestra per incorniciare gli ulivi, il limone e il gazebo, mi ricorda quanto lei, a differenza mia, sappia essere perfetta.

Mio padre, nel frattempo, accoglie gli invitati; è una ripartizione di lavoro equa la loro, lo è sempre stata. Forse fin troppo. Quarantun anni di matrimonio e un amore ancora palpabile.

Io figlia unica di due genitori perdutamente innamorati.

L'amore era quella dimensione che non avrei dovuto tradire. Separarmi era esattamente ciò che non avrei dovuto fare.

A volte mi chiedo se il giudizio che ogni volta leggo nei loro occhi sia reale o solo un riflesso di come mi vedo io. Penso che sia più facile sentirsi giudicati che giudicarsi. Penso che sia più facile fuggire dalla condanna degli altri che da quella che ci diamo noi stessi.

Dopo la rottura con Filippo, il rapporto già complicato con mia madre è andato peggiorando. La sua smania di controllo è diventata ancora più pressante. Forse il fatto di vedermi sola l'ha caricata di una responsabilità ulteriore, quella di dovermi sollevare a ogni costo dal dolore. Quando io, invece, avrei avuto bisogno di qualcuno che mi ci portasse dentro per mano.

Vado subito a salutare le tre sorelle zitelle di mio padre, Olga, Elga e Ada. Sembrano uscite da un cartone animato: i capelli cotonati, le labbra rosse e l'oro ovunque, alle orecchie, al collo, sulle braccia. Vivono insieme ormai da una trentina d'anni, più o meno da quando intorno ai quaranta si sono rese conto che probabilmente Cupido le odiava. Da allora la loro esistenza è diventata una battaglia contro il sesso maschile. Organizzano incontri, partecipano a gite di zitelle come loro. E passano il tempo lamentandosi degli uomini e di quello che sono.

Olga, la più intraprendente delle tre, mi si avvicina d'un tratto: «Ehi, Flò, perché una sera non vieni a cena da noi, non ti si vede mai!».

Dio, rifletto tra me. *Sono diventata come una di loro. Probabilmente il prossimo Natale avrò i capelli cotonati e le labbra rosse.*

Il solo pensiero mi fa rabbrividire.

In un angolo della sala c'è pure mia nonna. Ogni tanto mi guarda. Ma non dice nulla. Forse non si è neppure resa conto di dov'è. Mi chino su di lei per darle un bacio.

«E tu chi sei, bella bambina?» sussurra.

L'Alzheimer ce l'ha portata via cinque anni fa.

«Sono io, nonna, sono Flò.»

«Oh, Flò» mi accarezza con le mani che tremano, «come stai?»

«Perché, nonna, sono così infelice?» le chiedo, mentre gli occhi inspiegabilmente mi si riempiono di lacrime.

«Ora mi vesto e vado in ufficio» mi risponde.

Non mi ha sentito.

Non mi ha capito.

Ha già scordato.

E io ringrazio l'Alzheimer per aver gettato nel dimenticatoio quel mio stupido momento di fragilità.

Nel giro di un quarto d'ora arrivano il fratello di mia madre, mia cugina Carolina e il suo insopportabile marito. L'accortezza che ognuno di loro mette nell'evitare di chiedermi notizie sulla mia situazione sentimentale mi fa capire che mia madre, prima della cena, deve averli ammoniti con una frase tipo: «Ci sarà anche Flò, mi raccomando, che nessuno parli di Filippo e che nessuno pronunci il nome Silvia!».

Sono certa di essere stata l'argomento delle loro conversazioni telefoniche degli ultimi giorni.

Questa indifferenza forzata mi fa sentire ancora di più il mio dolore e questa cena comincia a starmi sempre più stretta. Penso solo a come svincolarmi alla svelta.

Come se non bastasse, mia madre ogni venti secondi mi lancia sguardi eloquenti, gli stessi di quando ero piccola e lei si accorgeva che non stavo facendo i compiti o che avevo rovesciato il succo di frutta durante la merenda.

Tutto si trasforma tranne gli sguardi di mia madre, mi dico affranta.

Dopo tre calici di bianco e un gamberone, ingoiato tanto per ammazzare il tempo, sento che però non è più possibile restare.

«Io me ne vado» annuncio a un tratto.

«Ma come? E il brindisi? La mezzanotte? I regali?» interviene mia madre fulminandomi con uno di quegli sguardi carichi di sottintesi che immediatamente mi catapulta ai miei otto anni, quando in terza elementare il dettato mi andò male e io non le dissi niente per evitare di vedere la delusione farsi strada nei suoi occhi. Ovviamente la bugia durò poco, perché all'improvviso la sera a cena mi domandò: «Quindi, Florinda, quanto hai preso nel dettato?».

Mi ha sempre chiamata Florinda nei momenti spiacevoli. Sarà per questo che il mio nome completo non l'ho mai sopportato. Perché da subito mi hanno insegnato che detto tutto intero non portava con sé niente di buono.

La vergogna che si impossessò di me quel giorno è la stessa che provo adesso: per l'ennesima volta capisco di tradire le sue aspettative.

Mio padre resta in silenzio, ma è uno di quei silenzi che possono diventare una furia se solo aggiungo qualcosa. Prendo il casco Big Babol e il piumino nero che anche ora mi scivola a terra, costringendomi a toccare il fondo, per alzarmi e andar via.

«Buon Natale a tutti» dico, mentre gli occhi della mamma mi accompagnano fino alla porta e oltre, carichi di delusione, dispiacere o forse tristezza. Non lo so. E non ho il tempo per chiedermelo.

Cerco le chiavi del motorino nello zaino e, frugando, mi capita tra le mani quel foglio bianco.

È un foglio diviso in due colonne che la mia love coach mi ha fatto trovare nella cassetta della posta qualche giorno dopo essere stata all'Autodemolizione Paradiso.

Per ogni colonna, in grassetto corsivo, un nome: Filippo e Flò.

Nel vederlo mi sono ricordata di quanto i nostri nomi suonassero bene insieme, di quanto i nostri nomi fossero nati per stare insieme.

F di Filippo, F di Flò, F come felicità.

Da un lato avrei dovuto scrivere le ragioni per cui Filippo se ne era andato. Dall'altro le cose che avevo fatto io per contribuire a quell'allontanamento.

In realtà fino a ora non ho scritto né le une né le altre, ma tengo questo foglio sempre nello zaino, come se da un momento all'altro potesse arrivare la consapevolezza.

Decido di andare allo Spritztime.

Dopo la sera del sesso urlato, ho accuratamente evitato di ripresentarmi al locale. In realtà Giovanni non è stato insistente, anzi si è completamente eclissato. E forse questa assenza mi ha pure disturbato un po'.

Probabilmente non sono abbastanza neppure per le sue attenzioni, mi sono ritrovata a pensare.

Ma stasera è diverso. Stasera è la notte di Natale.

Mi siedo al bancone, con l'aria di chi ne ha passate un bel po'. Ordino il solito Negroni.

«Bentornata, signorina» mi saluta comparendo alle mie spalle dopo qualche minuto.

Mi volto. Alla fine il suo sorriso mi rincuora e i suoi denti bianchi alleggeriscono il mio imbarazzo.

«Non sono pronta, Giovanni» gli dico fissandolo.

«Non ti ho chiesto di esserlo.»

La musica alta dello Spritztime è proprio quello che mi serve per evitare un'altra risposta.

«Giò, questo mojito è superbo!» urla una biondina alla mia destra che lo bacia sulla guancia. Si allontanano per un po' e restano in un angolo a parlare fitto fitto. La complicità che mostrano nel sussurrarsi qualche parola mi fa capire che non hanno condiviso solo un mojito. Mi accorgo che non riesco a staccare loro gli occhi di dosso, chiedendomi perché mi senta tanto indispettita.

Fingo indifferenza quando Giovanni torna verso di me, dopo aver accompagnato la ragazza all'uscita.

«Non sapevo che ti chiamassero Giò.»

«È un soprannome che mi piace moltissimo» replica guardandomi di sottecchi e porgendo alla cameriera il mio bicchiere già vuoto.

«Non me lo hai mai detto» lo provoco.

«Non me lo hai mai chiesto.» Mi accarezza il viso e se ne va.

Arrivano anche il secondo e il terzo Negroni e, per ingannare il tempo che non passa, prendo il telefonino e vado sul profilo di Silvia.

«Che stai facendo?» mi interrompe Giovanni.

«Niente di importante, stavo semplicemente guardando l'amante del mio ex.» L'alcol inizia a parlare al posto mio.

«Non è l'amante, è la sua fidanzata.»

«Non c'era bisogno che me lo ricordassi!»

«E non c'era bisogno che tu la guardassi!»

«Tu non capisci, Giovanni.»

«No, sei tu che ormai ti sei messa quest'abito e non riesci più togliertelo.»

«Quale abito?»

«Quello della donna tradita, abbandonata, single e depressa.»

«Tu continui a non capire.»

«Io invece capisco che continui ad aggrapparti a qualcosa che non c'è più, rovinando qualcosa che potrebbe nascere» mi dice all'improvviso.

Si infila veloce la felpa blu con il cappuccio, mi sfila il bicchiere dalle mani. Il numero quattro per esattezza.

«Ti riaccompagno a casa» mi sussurra.

Mi appoggia il piumino nero sulle spalle e si fa largo tra i clienti. Saliamo in macchina senza dire una parola. Anche durante il tragitto nessuno apre bocca. Vorrei chiedergli della donna del mojito, vorrei chiedergli di quella nostra notte, ma non lo faccio.

Mi accompagna fino davanti al portone.

«Che fai?» gli domando.

«Aspetto che entri.»

Infilo la chiave nella toppa e mi volto per ringraziarlo.

«Shhh» mi ferma appoggiando l'indice sulle labbra. «Buon Natale, Flò.» E mi bacia la fronte regalandomi l'unico momento di serenità in questa giornata.

Mi siedo sul divano e noto svariate chiamate perse di mia madre sul cellulare, ma decido di far finta di niente. Non ho voglia delle sue polemiche. Non adesso.

Invio un "Vi voglio bene" veloce sulla chat delle Amiche, in modo che Lucilla e Penelope non pensino che abbia avuto una serata difficile.

Mi gira forte la testa. Per fortuna che Giovanni mi ha accompagnato, altrimenti da sola non ce l'avrei mai fatta.

Raggiungo il bagno, chiudo la porta e mi infilo un dito in gola. Vomito il Negroni. Vomito il primo, il secondo, il terzo e anche il quarto. Vomito la voglia di non pensare nascosta tra i fumi dell'alcol e un bel po' di dolore. Le gambe non mi sorreggono più. Quell'unico gamberone era davvero troppo poco. Mi vomito addosso, sui jeans scoloriti, che adesso puzzano di rancido e lacrime. Li tolgo e resto con gli slip avorio di pizzo. Perdo il conto dei conati di vomito. Anzi, mi dico che probabilmente saranno stati sette.

Di colpo ripenso alla frase che la love coach ha scritto sul foglio a due colonne: "La scrittura è un'importante valvola di sfogo, Flò. La scrittura ti aiuterà a liberarti da quello che ti opprime".

Credo che sia giunto il momento di farlo.

Mi siedo al tavolo della cucina. Osso stavolta non mi raggiunge. Rimane immobile accanto al wc.

Afferro la biro. La colonna di Filippo aspetta solo me.

È egoista e narciso.
È pieno di sé e delle sue sicurezze.
Ha scelto la strada più facile, l'amore dei primi tempi, la passione, la donna giovane e bella.
Ha scelto la discesa.
Filippo se ne è andato perché era stanco di me e della normalità dei sette anni d'amore e di tutto quello che ormai era già deciso.
Se ne è andato perché le responsabilità fanno paura.
Se ne è andato con la sua boria e il suo sentirsi troppo.
Anche per me.

La colonna con il mio nome sembra continuare a fissarmi.

Ero stanca.

Scrivo senza rendermene conto.

E forse l'entusiasmo un pochino lo avevo perso.
Affaticata dalla mia perenne insicurezza pensavo più a cosa fare per non perderlo che ad amarlo.
La gelosia.

L'apprensione.
L'incertezza su tutto.
La paura.

Incredibilmente per la prima volta leggo qualcosa che ha a che vedere con delle mie possibili colpe. Incredibilmente per la prima volta inizio a pensare che forse la responsabilità non è tutta di Filippo. Incredibilmente mi chiedo se sia giusto non avere rimorsi. Incredibilmente mi domando perché mi sono innamorata di Filippo, ma soprattutto cos'è che mi fa sentire ancora innamorata di uno che mi ha deluso e mi ha tradito.

Non so se è l'ora, se è colpa del Natale o di me che ho scritto troppo, ma mi dico che non è il momento di darmi delle risposte. Accendo la mia smart tv, su YouTube cerco *Last Christmas* degli Wham! e la metto a tutto volume. Fregandomene che sono le sette del mattino e che potrei svegliare l'intero condominio.

A Natale siamo tutti più buoni e voglio crederci.

Osso esce finalmente dal bagno.

Mi scappa da ridere. Non so nemmeno perché, ma mi metto a ridere, forte. Mi butto in terra, completamente arresa sul pavimento. Osso inizia a saltare e afferra subito il guinzaglio.

Infilo una tuta e le Stan Smith.

Scendo di corsa le scale. Osso si precipita con me.

Apro il portone. Le strade sono vuote. Vuote e buie.

Mi piego sulle ginocchia come qualche ora fa, quando abbracciata a un water ho toccato con mano la fine di tutto. Osso mi siede accanto.

Sette anni di matrimonio, sette anni più giovane di me Silvia. Sette i brillanti nella riviera che ancora tengo al dito. Sette i baci che, per promessa, Filippo mi dava ogni notte prima di addormentarmi: uno su ogni guancia, tre sulle labbra, uno sul naso e l'ultimo a sfiorarmi la fronte. Sette dicembre il giorno di quella maledetta udienza. Sette le chiamate perse di mia madre. Sette i miei passi verso quel garage. Sette le cose che mi separano dalla felicità. Sette i conati che sono serviti per vomitare il dolore.

Ho bisogno di ripetermelo.

Mi rialzo e Osso con me.

Gli infilo il guinzaglio. E iniziamo a camminare.

Oltre la siepe del giardino, il cielo ci regala le prime luci del giorno.

«Buon Natale, amico mio» gli dico, «ricominciamo dall'alba.»

3

IMPARA A ESSERE FELICE DA SOLA

"Ci vogliono settantadue muscoli per fare il broncio, ma solo dodici per sorridere. Provaci per una volta."

Questo è l'sms di E. che mi dà il buongiorno.

Devo ammettere che la mia love coach ha la capacità di comparire quando meno me lo aspetto. Pensavo che le sette cose per raggiungere la felicità si sarebbero susseguite ininterrottamente e invece E. ogni volta sembra voler prendere tempo, come se in qualche modo mi desse l'opportunità di metabolizzare. Credo che lo scopo sia quello di far sì che il passo fatto prima non resti vano, e che quello seguente abbia la sua ragione d'essere.

Per fortuna sono passate le feste, la felicità preconfezionata sui volti delle persone e le luci ovunque. Per fortuna tutto sembra tornato alla solita routine: le mie giornate lavorative, i musi lunghi di Adele, che sotto Natale mi era parsa addolcirsi un po', le corse di Penelope dietro i figli, l'ansia di Lucilla per la preparazione del matrimonio. Anche il rapporto con mia madre ha ritrovato il suo solito andamento: lei che fintamente perdona ogni delusione che le regalo, io che fintamente le dimostro di crederci; lei che alla prima occasione me lo rinfaccerà e io che improvviserò un "Non me lo sarei mai aspettata".

Tutto è tornato come doveva essere. Le giratine alla mattina con Osso con la pallina da tennis in tasca, le notti a controllare il profilo di Silvia invece di contare le pecore, la foto di Favignana in cui Filippo mi abbraccia da dietro sul comodino.

Quel che è cambiato è che questo dolore non mi appartiene più, sento che voglio uscirne, che lo voglio davvero abbandonare. Trascorrere più di un'ora attaccata al wc quanto meno è servito a convincermi che, tra tutte le cose che posso fare, vomitare è l'ultima che mi piace.

"Sorridere è più difficile di quanto si possa pensare" rispondo a E., memore degli ultimi tempi.

"Se fosse facile, Flò, non sarei qui a chiederti di farlo. Ma le cose facili non sono per noi, le cose facili non sono per le donne forti, non sono per chi vuole rimettere in piedi la propria vita. E tu sei una di quelle donne. Le cose che hai scritto sul foglio a due colonne hanno un'importanza fondamentale: non sottovalutarti. Aver capito che probabilmente non sei stata solo una vittima di Filippo può aiutarti a lavorare su te stessa. Dopo la consapevolezza occorre agire. È arrivato il momento di ricostruirsi."

"E io dovrei ricostruirmi ridendo?" riscrivo sconcertata.

"Non ti ho chiesto di ridere, Flò, perché sarebbe troppo facile. In quel caso ti avrei consigliato di vedere un film con Jim Carrey. Io ti ho chiesto di sorridere. E di provare a sorridere a tutti, perché sorridere a tutti significa farlo anche alla vita."

"Non credo di riuscirci, non saprei neppure di che colore mettere il rossetto, pensando di dover spalancare la bocca davanti a chiunque" tento di portare la conversazione a livelli più soft.

"Userei un gloss color carne, con quello non si sbaglia mai."

Leggo la risposta di E. e improvvisamente è come se sentissi il suo tono di voce, come se ne cogliessi la leggerezza e l'ironia. Mi sono chiesta più volte quale timbro abbia la mia love coach; se il tono della sua voce potrebbe spaventarmi o farmi sentire a casa. Ma scoprirlo è in fondo l'ultima cosa che voglio. Trovarmi di fronte alla realtà è l'ultima cosa che desidero.

E. non mi dà il tempo di ribattere, che già mi arriva un nuovo sms.

"Quando qualcuno ti chiede 'come stai', solitamente che cosa rispondi?"

"Be': 'benino', 'non ci lamentiamo', spesso 'normale'."

"Normale? Ti rendi conto che normale è la fine di tutto? Perché normale è come dire: 'Io non sono niente. Non sono felice, forse neppure triste, sono normale, sono quello che gli eventi mi chiedono di essere, sono quello che penso la vita si aspetti da me'."

"È quello che sento, però."

"No, è quello che ti costringi a sentire."

"E che cosa dovrei rispondere?"

"Che sei felice, ecco, questo dovresti imparare a dire."

"Anche se non lo sono?"

"Non lo saresti nemmeno se lo fossi. Voglio dire, ormai hai deciso di non esserlo."

"Dovrei andare in giro sorridendo a chiunque?"

"Sì, almeno per un giorno. Sorridere è un biglietto di incoraggiamento per te e gli altri. Troppo spesso viviamo in uno stato di chiusura totale. E questo atteggiamento non fa che limitare la felicità. La felicità non deve per forza essere legata alla realizzazione di un evento. Come l'infelicità non deriva necessariamente dalla sua mancata realizzazione. Inizia ad assaporare quello che fai. Questa tua smania continua di sentire la mancanza di ciò che vorresti ma non hai pensi che ti appartenga solo da quando Filippo se ne è andato? Cioè: finché lui era al tuo fianco, sei certa di essere stata in grado di vivere ogni momento nella sua pienezza?"

"Vabbè, dottoressa, che c'entra, avevo comunque i miei momenti di scoramento."

"E allora ti dico, come puoi pensare di rendere felice una persona se non lo sei tu? Prima impara a essere felice da sola, poi lo sarai con gli altri."

"Ed è sufficiente sorridere? "

"No. Non lo è. Ma può essere un buon inizio."

Smetto di rispondere, perché decido di accettare la scommessa. In fondo scegliere di fidarmi è alla base di questo cammino, di questi sette passi verso la felicità. Credere alla mia love coach è il presupposto di ciò che voglio provare a essere, anche quando le cose mi sembrano ridicole, anche quando penso che non potrò farcela. Voglio provare comunque, però non so se lo faccio perché sono piena di entusiasmo o perché ansiosa di dimostrarle che le sue teorie in fondo non valgono niente.

Sorridere, sorridere, sorridere a tutti, mi ripeto mentre mi precipito giù per i miei soliti quattro piani.

Non ho ancora ultimato la prima rampa di scale che intravedo la signora del piano di sotto, quella che più volte ha avuto da lamentarsi per il rumore dei miei tacchi a spillo. Penso che questa sia proprio una buona occasione per mettermi alla prova e per verificare la fondatezza delle teorie di E. Faccio quindi per abbozzare un sorriso, ma ecco che lei si precipita dentro l'appartamento sbattendomi la porta in faccia.

«E che diamine, signora» mi scappa, «se mi avesse salutata, giuro che avrei potuto comprare un paio di ciabatte!»

Sono certa che mi abbia sentito, ma la porta resta chiusa, un po' come quell'abbozzo di sorriso che mi muore sulle labbra.

Direi che in questa zona, per lo più ricca e facoltosa, i condomini certo non brillano per empatia. Ci sono infatti appartamenti di notai, avvocati, professionisti, ingegneri. Io, con il mio banale ruolo di commessa, a tratti mi sento pure un'intrusa.

Io e Filippo eravamo però innamorati di questo quartiere immediatamente fuori dal centro di Firenze e, quando si trattò di acquistare l'appartamento dei sogni, non avemmo dubbi. Appena si entra in via degli Artisti si capisce subito che non è una strada come le altre. Al primo passo nella via degli Artisti ci si immagina immediatamente con stravaganti pittori, artigiani della ceramica e scultori visionari. Guardando i vari edifici, così pieni di grandi finestre, si capisce subito che in quelle case dovrebbe entrare la luce. Ecco. Io e il cinese scegliemmo la luce.

Malgrado la scarsa cortesia della condomina, non mi perdo d'animo e piena di pensieri positivi salgo sul mio scooter per raggiungere lo Chapeau.

Mi fermo, come ogni mattina, a prendere il mio macchiato in tazza grande al bar di fronte al negozio.

Ogni volta in cui entro con gli occhi ancora assonnati e Patty, la ragazza del bar, mi prepara il caffè senza bisogno che lo chieda mi dico che amo molto le mie abitudini. E penso a quanto ci si possa sentire comode nella certezza, nelle cose già scritte e già decise. Penso che la mia relazione con Filippo era ormai il mio caffè della mattina, quello in tazza grande, macchiato, con latte caldo e senza zucchero. L'abbandono invece era come se a un tratto qualcuno mi avesse costretto a bere tè ogni mattina. I cambiamenti destabilizzano, questa è la verità.

Mentre rifletto, noto che una signora biondo platino, con minigonna ascellare e calze a rete decisamente inopportune per l'ora, visibilmente risentita, sta uscendo dal bar; a quanto mi pare di capire dal brusio in sottofondo, credo che abbia avuto da discutere con un altro cliente.

Ci scontriamo proprio sulla soglia, io con la mia voglia di caffè, lei con l'amarezza lasciata da questo principio di giornata.

Appena incrocio lo sguardo arrabbiato della signora in calze a rete sfodero uno dei miei sorrisi migliori. Non ho seguito l'indicazione della love coach, e ho scelto un rossetto mat fucsia che mi dava l'illusione di poter regalare un po' di colore a quella che avrebbe dovuto essere la mia giornata all'insegna della felicità.

La signora platino mi scruta. È un attimo: «E tu che cazzo ridi?» mi fulmina.

Resto immobile, all'entrata del bar, con il mio rossetto fucsia e l'entusiasmo che mi si è congelato sulle labbra insieme al sorriso. Per la seconda volta nell'arco di mezz'ora, i miei sforzi sono stati brutalmente vanificati.

«Flò, il solito?» mi domanda Patty.

«No, preparami un tè, grazie.»

La mia risposta la lascia pressoché sbigottita, me lo chiede nuovamente, quasi ad accertarsi di aver capito bene. Patty è la dimostrazione che le certezze, quando vengono meno, fanno male a tutti.

È bastata una sconosciuta incazzata per farmi pensare che le teorie della regina del garage siano solo una stupida illusione.

Prendo il telefonino.

"Non mi sembra una grande idea, questa del sorriso" le scrivo.

"Lo è invece, ti sei già scoraggiata? Ricorda, Flò, la felicità viene da te per prima cosa, non dal mondo che ti circonda."

Sorseggio un tè che mi fa semplicemente schifo e medito su come quella tipa in minigonna con poche parole sia riuscita ad annientare la mia buona volontà, e come invece a E. a volte non basti un milione di messaggi per incoraggiarmi. Mi dico che è davvero più facile credere alle cose brutte che provare a cercare quelle belle.

Penso che sarà una giornata come le altre, ma soprattutto che questa storia del sorriso è solo una grandissima stronzata.

Le prime ore allo Chapeau sono sempre le più dure. Le clienti non si presentano almeno fino alla tarda mattinata e, considerato che oggi non è neppure giorno di nuovi arrivi, passo il tempo cambiando stazione alla radio.

Ho salutato Adele con un sorriso più o meno spontaneo ma, a parte vederla stupita di trovarmi già in negozio e non in perenne ritardo, non ho notato grandi cambiamenti nel suo atteggiamento in risposta alla mia apparente allegria.

Anche quando c'è poco da fare, Adele trova comunque il modo di impiegare il tempo: piega e ripone le solite brasiliane per venti volte, dà una spolverata ai pomelli di maiolica azzurra, riassortisce le buste, si assicura che la vetrina sia abbastanza pulita. Ho come l'impressione che non voglia mai fermarsi per paura che le si parino davanti dei ricordi che non ha nessuna voglia di ricordare.

Finalmente arriva il momento della mia sospirata pausa. Quella che mi porta di nuovo a varcare la soglia del bar di Patty, elemosinando il mio caffè, i miei cinque minuti di leggerezza, di abitudine e di attenzione.

Insomma, è il solito martedì.

La solita mattinata di lavoro.

La solita pausa caffè intorno alle dieci e quarantacinque, minuto più, minuto meno.

Il solito bar.

Il solito tutto, almeno credo.

Ordino il macchiato in tazza grande, perché aver stupito Patty con il tè, per oggi, mi sembra già sufficiente, e, mentre sono al bancone intenta a leggere qualche notifica sul telefonino, mi si avvicina un signore. Prende anche lui un caffè. Ma non macchiato. Nero.

È maturo, anziano, grande, che dir si voglia. È vecchio. Però è un bel signore. Indossa un cappotto lungo sale e pepe, ha i capelli grigi. Saluta tutti, probabilmente è un habitué.

Strano, mi dico. *Non l'ho mai incontrato.*

È distinto e profuma di buono.

Rivolgendosi a Patty le dice: «Be', tu lo sai perché sorridi sempre? Perché sei innamorata». Poi mi fissa dritto negli occhi e mi chiede: «Lei è innamorata?».

«No» rispondo. «Ho smesso» aggiungo, abbozzando un sorriso. Ma non è il solito sorriso. È il sorriso di E., quello che si porta dietro la speranza e l'aspettativa, quello che ha con sé il desiderio di guardare alla vita con occhi belli.

A quel punto sorride anche Patty e pure il signore dal buon profumo. Sorrido di nuovo anch'io, mentre mi domando il senso della mia affermazione. E mi tornano in mente le delusioni, i momenti di rabbia, Filippo che ha tradito la mia fiducia, le ferite che fanno sempre male, perché il tempo non le cancella. Penso a quando aspetto una telefonata che non arriva, a quando ho investito sulla persona sbagliata, a quando trascorro la notte a controllare il profilo di Silvia, penso agli spaghetti con le vongole e i pistacchi, al vento tra i capelli a Favignana e penso forte a quei sette baci che non mi ha più dato.

Credo che non sia giusto sprecare la mia pausa nell'amarezza, in fondo ho accettato la scommessa della love coach e questa deve essere la giornata della positività. E allora finisco il mio macchiato, mi ravvio i ricci, saluto Patty e mi avvio alla cassa, con il portafoglio in mano.

Il signore che profuma mi si avvicina. «Ferma lì» dice, «il caffè glielo offro io, con l'augurio che si possa ancora innamorare. Perché, con un sorriso così, tutto è possibile.»

Resto in silenzio. In silenzio davanti al vecchio signore con Patty che, abbassando lo sguardo, mi conferma di aver provato l'intensità di quel momento tanto quanto me.

Penso che la gentilezza ha un buon odore, proprio come quel signore.

E che forse non bastano le ferite, le delusioni e il disincanto. Perché poi la vita in un martedì qualunque, nella solita mattina di lavoro, nella solita pausa caffè, nel solito bar, ti ricorda che esistono anche uomini così. A cui basta un sorriso, di quelli a bocca e cuore spalancati, per restare colpiti. E per quelli, forse sì, vale la pena scommettere. Tutto. Pure un bel pezzo d'amore.

Rientro allo Chapeau e mi accorgo che la malvasia non è l'unico profumo che riesco a sentire. Sento ancora l'odore buono della gentilezza del signore con il cappotto sale e pepe e sento la leggerezza del sorriso.

«È successo qualcosa?» mi chiede Adele cogliendo quella nuova sfumatura sul mio volto.

«Niente di che, è che forse sorridere fa bene sul serio» rispondo.

«Ne sono certa» replica lei riponendo l'ultimo slip.

Sento che sarebbe il momento di chiederle qualcosa,

di provare a scoprire di più su quella donna con i capelli castani, gli occhi chiari e i tacchi alti. Ma ho paura di essere invadente e poco rispettosa. Ho paura di iniziare a parlare e poi magari di essere interrotta dal tintinnio della porta. Ma soprattutto ho paura di non riuscire a continuare a sorridere.

Inaspettatamente invece è Adele che mi si avvicina. Un po', non troppo, mantenendo comunque quella distanza che le consente di sentirsi protetta dalla differenza di statura. Mi guarda e dice: «Non fare come ho fatto io, Flò».

«Che intendi?»

«Non abituarti al dolore.»

Adele mi commuove con quelle parole, faccio per metterle una mano sulla spalla, superando il confine da sempre segnato, ma il tintinnio della porta arriva a rovinare quel momento. Maledico quel rumore, tanto consueto quanto inopportuno, eppure sono sicura che, a differenza mia, Adele lo abbia ringraziato.

«Flò, mi prendi il reggiseno Candy, taglia terza coppa B per la signora?»

Me lo chiede con il suo solito tono freddo e distante, ma ora non mi disturba.

È bastato un sorriso perché il signore che sa di buono vedesse in me la speranza dell'amore. È bastato un sorriso perché Adele decidesse di avvicinarmi. È bastato un sorriso anche per prendere una rispostaccia dalla bionda in calze a rete e per meritare l'indifferenza della condomina amante delle ciabatte, eppure la loro maleducazione non vale la mia rabbia. E se E. avesse davvero ragione?

Scoppio a ridere. Forse troppo forte.

«Flò, che sei impazzita?» mi ammonisce subito Adele.

«Prendo una giornata di ferie» le dico baciandole la guancia, poi scappo via.

Non mi volto indietro, però ho l'impressione che stia sorridendo anche lei.

Mi incammino per le vie del centro, senza avere una destinazione precisa, ma non mi importa. Forse per la prima volta dopo tanto tempo non avverto il bisogno di indossare gli occhiali da sole neri. C'è una luce forte oggi a Firenze, ed è come se volessi dare la possibilità a ogni raggio di raggiungermi. Non voglio evitare gli sguardi delle persone, anzi li voglio incrociare, non foss'altro che per misurarmi ancora con il potere del mio sorriso.

Strano come certi luoghi che dovrebbero essermi familiari inizino ad apparirmi diversi, come l'odore di questa giornata mi sembri diverso. Non so se è quello della malvasia dello Chapeau che ancora mi sento addosso, o quello della gentilezza del vecchio signore. Non so se questo buon odore sappia di Adele e della sua voce inaspettatamente dolce, del caffè macchiato di Patty, della scommessa fatta con E., o se semplicemente sia il profumo che ho voglia di sentire in questo momento in cui penso di avere già concesso troppo spazio alle lacrime, mentre invece camminare potrebbe aiutarmi a respirare aria nuova.

Mi mischio tra i turisti e faccio mio ogni singolo momento del loro entusiasmo. Provo a guardare Firenze come non avevo mai fatto, con il desiderio di chi è qui per conoscerla. E mi domando se questo desiderio l'ho mai provato con Filippo. Se ho mai vissuto con la voglia di scoprirlo e non con quella di lasciarmi scoprire. Se l'ho mai vissuto con la voglia di imparare ad amarlo e non con quella di essere amata. Mi chiedo se quella pienezza di cui mi parlava E. mi sia mai appartenuta, se davvero quella pienezza sia necessaria per innamorarsi sul serio.

Mi siedo di fronte alla giostra di piazza della Repubblica, un gioiello dell'artigianato artistico fiorentino che ormai ha il valore di qualsiasi altro monumento. I cavalli hanno il pennacchio colorato in testa e la sella in oro. Ricordo che da bambina io volevo sempre salire sulla zucca-carrozza e quello, il sabato pomeriggio, era il premio per avere sopportato un intero giro di shopping con mia madre. Non posso fare a meno di ammirarla ogni volta che passo di qui per andare a fare un aperitivo negli storici locali Gilli o Paszkowski o a prendere un caffè alle Giubbe Rosse, ma poi devo sempre concedermi un tuffo in quel mondo da fiaba.

«Buongiorno, Florinda.»

Mi volto. Stento a crederci, eppure è lui: Salimbeni. Ha il solito abito scuro di quella maledetta udienza e pure la solita espressione enigmatica.

«Flò, per carità» è la cosa che mi viene subito da rispondere.

Mi si avvicina e in un attimo rivivo tutto: l'odore di quella sala d'attesa di tribunale e le parole fredde pronunciate dal giudice risoluto. Rivedo l'ometto con la sua fretta di concludere un affare e l'odio nei confronti dei sentimenti. Vedo il grigio chiaro delle pareti tendenti al bianco sporco, le sedie blu scuro o forse nere e sento il sapore di casa nei messaggi di Penelope e Lucilla.

Incredibile quante sensazioni Salimbeni riesca a portare con sé, penso d'impulso. E non faccio in tempo a concludere il pensiero che mi ritrovo in un vecchio locale del centro, proprio dietro alla lussuosa via dei Tornabuoni, seduta a un tavolo, con davanti una cioccolata calda e la sua cravatta ocra che fa da cornice alle mille domande che pare abbia voglia di farmi.

Sorrido perché non posso permettere all'avvocato che mi è costato duemila euro e tante notti insonni di strapparmi la mia giornata della felicità. Sorrido a ogni domanda, a ogni frase fatta, a ogni triste complimento. Le sue domande però diventano sempre più incisive, quei complimenti più pressanti e certe allusioni decisamente esplicite.

«Uno di questi giorni potremmo cenare insieme» mi dice a un tratto poggiando la sua mano sul mio ginocchio.

Le calze quaranta denari, come quelle che indossavo quel maledetto 7 dicembre, non sono abbastanza spesse per contenere la sensazione di fastidio che Salimbeni mi trasmette. Penso che forse i miei sorrisi sono subdoli e traditori. Che lo hanno illuso e sviato, ma penso pure che non c'è limite alla pochezza.

Evito di rispondere e in compenso guardo l'orologio, sperando che il mio gesto sia abbastanza eloquente. Poi prendo il telefonino e scrivo alla love coach: "Forse dovrei imparare a decidere a chi sorridere".

"Non può accadere niente che tu non voglia" risponde lei un istante dopo.

Strano come a volte la vita ti ponga di fronte a più scelte difficili contemporaneamente. Proprio il giorno in cui ho deciso di ripartire, mi si presenta Salimbeni con tutti i ricordi che porta con sé.

La mano sul ginocchio diventa di colpo l'ultimo dei miei problemi, davanti alla voglia che ho di rialzarmi.

«Non ricordavo quanto fosse bello il tuo sorriso» mi dice tutto d'un fiato.

«Non ricordavo che ci dessimo del tu» ribatto, posando per l'ultima volta sul tavolino la tazza di cioccolata calda.

Me ne vado.

E giuro a me stessa che non berrò mai più cioccolata calda, che non indosserò più calze quaranta denari e che non sorriderò di meraviglia di fronte a nessun avvocato. Perché, anche quando decidi che vuoi andare avanti, ci sono sempre una cioccolata calda, una calza quaranta denari e un avvocato pronti a ricordarti che forse non ce la farai.

Qualche ora più tardi raggiungo lo Spritztime perché è martedì.

Al nostro tavolo ci sono già ad aspettarmi Penelope e Lucilla. Mi sembra passata una vita dal nostro ultimo incontro e mi sembra passato un secolo da questa mattina.

Ho lavorato solo poche ore, eppure mi sento stanca e sfinita. Sorridere mi è costato fatica, tutta quella che non ho messo in questo ultimo anno, da quando mi sono addormentata sul dolore e sull'idea che niente avrebbe potuto rendermi felice.

«Buonasera, amiche» esordisco con voce squillante e con un sorriso che E. apprezzerebbe di certo.

«Ehi, Flò, come stai?» rispondono loro in coro.

Eccola lì, la fatidica domanda che in fondo speravo non arrivasse. Eccola lì, la domanda che nell'ultimo periodo mi ha tolto il respiro, perché ogni volta la risposta mi ricordava quanto stronzo fosse stato con me il destino. Eccola lì, precisa e puntuale, ma almeno arriva da chi sarà in grado di cogliere il valore della mia risposta.

«Come sto? Non sono felice, ragazze, ma sto provando a esserlo.»

Non mi fanno neppure finire che si alzano in piedi. Penelope con i suoi capelli biondi, raccolti con un fermaglio, e Lucilla con il suo caschetto rosso liscissimo per l'occasione. Non so se a stringermi tanto forte siano loro o tutto il tempo che ho perso e che improvvisamente è come se mi chiedesse di recuperare.

Non so se mi abbracciano così forte le mie amiche o questa giornata passata tra sorrisi, incontri improbabili, segreti non detti e auguri sinceri. Non so cosa resta e cosa resterà, ma so che ora, in questo preciso istante, non vorrei che esser qui. Non accanto a Filippo, mentre corriamo su per le scale per impossessarci del telecomando; non con Filippo a Favignana con il vento tra i capelli; non con Filippo durante quei sette baci prima di dormire; non con Filippo sul mio comodino.

Penso che questo è il solo posto che mi appartiene e con la stessa consapevolezza penso che domani cambierò idea, perché sono donna, e non sapere cosa voglio è la cosa che più mi appartiene, e allora magari mi metterò a controllare il profilo Facebook di Silvia e piangerò anche le lacrime che non ho.

«Lucilla, al tuo matrimonio non verrò da sola» dico di getto.

«E con chi vuoi venire?» mi chiede incredula lei.

«Be'...» E in quell'istante arriva Giovanni con il suo sorriso rassicurante, pronto ad ascoltare cosa abbiamo voglia di bere. «Be'... con Giovanni, non è vero?» dico fissandolo.

Ci guardiamo stupiti: lui perché non ha capito e io perché sono sorpresa dalle mie parole.

«Ti va di accompagnarmi al matrimonio di Lucilla?» gli domando mentre cerco di mascherare l'imbarazzo con il mio miglior sorriso colorato di fucsia, come mi ha insegnato E.

«Ho possibilità di scelta?» replica lui.

«Direi di no.»

«Allora è sì.»

«Sì?» ripeto io.

«Sì!»

Scoppio a ridere. Ora sì che questo martedì può davvero finire.

4

RIPRENDITI L'ANELLO CHE TI MANCA

Mi rendo conto che, con il sorriso, le giornate scorrono più velocemente.

Ogni giorno mi regala qualcosa di diverso, piccole cose che cerco di appuntare nella mente. La love coach è fiera di me, o almeno così dice. Io non so se lo sono, sento di essere ancora lontana da ciò che vorrei, ma inizio a credere di potercela fare.

Strano come il sorriso, che secondo E. richiede l'impiego di pochi muscoli facciali, costringa a un grande sforzo. "Deve diventare parte di te" mi continua a ripetere E., e io aspetto davvero il momento in cui sorridere diventerà un gesto spontaneo.

Tutta la fatica dei primi tempi sembra però essere scomparsa e anche Osso pare essersi accorto del mio cambiamento. La scorsa domenica per esempio ha deciso di lasciarmi dormire fino alle dieci.

Solo con mia madre la teoria del sorriso non funziona. Ci provo, ma è come se si fosse creato un muro tra noi, un muro che, se l'infinito amore non è in grado di abbattere, figuriamoci se può riuscirci un sorriso. E. ha più volte tentato di entrare in argomento, ma io mi sono ben guardata dall'affrontarlo. È come se fosse qualcosa di fondamentale, che però sento di poter ancora rimandare.

Sono da poco rientrata dal lavoro e mi sto preparando per andare a cena dai miei. Non ne ho nessuna voglia, ma alla fine ho dovuto cedere almeno per risparmiarmi le loro lamentele.

È venerdì sera e so già che questo sarà un weekend lungo e animato. Domenica sera io e Penelope abbiamo organizzato l'addio al nubilato di Lucilla. Inutile dire che si terrà allo Spritztime, e tra spogliarellisti, latin lover e incantatori di cuori sono certa che ci sarà da divertirsi.

È strano che organizzare questa serata non mi abbia catapultata improvvisamente nell'angoscia dei ricordi con Filippo. Mi chiedo se non sto forse iniziando a superare l'abbandono.

All'improvviso suona il campanello. Osso come sempre inizia ad abbaiare. Guardo dallo spioncino e vedo un fattorino. Avrà all'incirca vent'anni, eppure rimango abbagliata da quegli occhi blu. *Be'*, mi dico, *in fondo gli ormoni ti funzionano ancora.*

Apro con un sorriso.

«È lei Florinda Bianchi?» mi chiede.

«Flò, per carità» rispondo subito.

«Questo è per lei» dice, e mi consegna un piccolo pacchetto, confezionato con una carta di riso color tortora e un grosso fiocco vinaccia.

Noto, mio malgrado, che il ragazzetto mi ha dato del lei e mi pento subito dei miei pensieri impuri. *Lui, cara Flò, ti vede come una giovane signora, forse giovane ma pur sempre signora,* rifletto atterrita. *Avrò quasi il doppio dei suoi anni, certo, ma questo non gli consente di trattarmi come un'anziana. Non gliela darò mai, nemmeno se me la chiede!*

Ritiro il mio regalo e chiudo la porta.

C'è anche un biglietto. Ma non è un biglietto qualunque, è vera carta da lettere. Carta da lettere con le iniziali. Rimango immediatamente colpita dalla meraviglia che è capace di suscitare un pezzo di carta scritto a mano; sento già il calore di chiunque me l'abbia mandato e mi rendo conto che solo attraverso il tatto si può creare un vero legame. Abituata agli sms e agli stringati WhatsApp, questa lettera mi pare un trionfo di poesia.

Apro la busta, spiego il foglio e corro a cercare immediatamente la firma. È della love coach.

Iniziano a tremarmi le mani, non so perché, ma ogni messaggio di E. mi scatena questo effetto. Mi torna subito in mente la donna della guêpière con le ballerine grigio topo morto: anche lei tremava.

Chissà, forse noi innamorate abbiamo i brividi nelle mani.

Leggo. D'un fiato.

Cara Flò, adesso sai che la vita può essere affrontata diversamente. E sai anche che questo costa coraggio. Perché ce ne vuole di più a cercare di essere felici che ad arrendersi al dolore. Ho pensato molto a cosa potessi fare per convincerti ulteriormente del cambiamento che è in atto in te. Ho pensato a cosa potessi fare perché tu non abbia più paura. Adesso smetti di leggere e apri il regalo.

Obbedisco senza titubanze né incertezze. Sciolgo il fiocco vinaccia e con cura apro la carta color tortora. Avvolto in una velina trasparente c'è finalmente il mio dono.

È una cintura, una di quelle che credo andassero di moda negli anni Settanta, fatta di tanti anelli, uno agganciato all'altro. Resto un secondo perplessa, ma poi riprendo la lettera e proseguo la lettura.

So che ti starai chiedendo perché ti ho regalato una cintura. Ebbene, questa cintura apparteneva a mia madre;

ho delle fotografie che la ritraggono con dei lunghi camicioni colorati, quella catena di anelli in vita e un fiore tra i capelli. Ho sempre pensato che fosse bellissima in quelle immagini, che fosse il ritratto della serenità e della leggerezza e che quella cintura rappresentasse il dettaglio che la contraddistingueva.

In uno dei periodi più brutti che ho dovuto affrontare, uno di quelli che richiedono forza e appunto coraggio, mia madre me la regalò. «Non è una semplice cintura» mi disse. «È ciò che ti aiuta a tenere insieme delle cose e a evitare di perderne altre.» Ecco. Io oggi sento di darla a te. Comincia da questa cintura. Quali sono le cose che devi tenere insieme? Quali sono le cose che non devi perdere? Non avrai pace finché non rimetterai a posto tutti gli anelli. Cerca tua mamma. Cercala come non hai mai fatto. Portala nel tuo mondo. Aprile la tua vita. La cintura, altrimenti, non si chiuderà mai. Vai e riprenditi l'anello che ti manca.

Non so se ridere o piangere, ma sento che la cintura che adesso stringo tra le mani è tutto ciò di cui ho bisogno.

Penso alle parole di E., a mia madre, alla difficoltà di farla entrare nel mio mondo, ma penso anche a cosa posso fare perché questo accada. Penso al muro che si è creato tra di noi, alla distanza, alle volte in cui ho avuto bisogno di una parola che non c'è stata e alle volte in cui forse lei aveva bisogno di un mio abbraccio che non è mai arrivato. Penso a tutte le volte in cui l'ho esclusa dai miei sorrisi e ho scelto di condividere con altre persone le mie gioie. Penso a tutte le volte in cui la mia tristezza diventava rabbia nei suoi confronti, perché il bisogno di trovare un colpevole era l'unica maniera per soffrire meno. E penso a quanto spesso mi abbia fatto sentire inutile e inadeguata nelle scelte, nelle abitudini, nella vita.

Appoggio la cintura e la lettera sul divano. Si sta facendo tardi e devo raggiungere i miei per cena. Eppure, nonostante le parole di E., ho addosso la brutta sensazione che questa serata non toglierà nulla al male che ci siamo fatte.

Sento il *bip* di un messaggio sulla chat delle Amiche.

È Penelope.

"Ehi ragazze, ho urgente bisogno di un nostro weekend a Roma, al più presto."

È un attimo. Un attimo davvero. E tutto diventa chiaro in me. Adesso so cosa devo fare. Adesso so cosa significa quel "portala nel tuo mondo".

Prendo il telefono e compongo il numero di casa dei miei genitori. Risponde mia madre.

«Flò, che succede, dimmi tutto?!» mi chiede ansiosa.

«Mamma, non vengo a cena.»

«Ecco, io lo sap...»

«No, mamma, non dire niente» la interrompo. «Ho da fare. E anche tu.»

«In che senso?» C'è un filo di smarrimento nella sua voce.

«Ho bisogno di spalancarti il cuore, mamma. Fai le valigie che domani io e te si parte per Roma.» Vomito quella frase, come ho fatto la sera di Natale con il Negroni e tutto il dolore. La vomito perché è la sola cosa che mi strozza la gola da tempo. È la sola cosa che ho bisogno di dire.

Lei sul momento non risponde. Ma so già che i suoi silenzi sanno di sì.

È un sabato di sole quello che ci accoglie nella Città Eterna.

Il viaggio in treno è stato un tripudio di domande, ma ero preparata e se non ci fossero state non avrei riconosciuto mia madre. Durante la prima mezz'ora ha elencato tutte le cose che, in fretta e furia, aveva dovuto sistemare, considerato il mio scarso preavviso. È poi passata al dispiacere di lasciare un giorno e mezzo solo mio padre alle prese con la pastasciutta e la casa da mandare avanti. È stata quindi la volta dell'ansia di non aver messo nel trolley tutto l'occorrente. Manco fossimo dirette in un'oasi nel deserto!

Non eravamo ancora alla stazione di Campo di Marte che avevo già voglia di mandare tutto all'aria e tornare indietro. È stata E., ancora una volta, a scrivermi la sola cosa che mi avrebbe convinta. "Flò, con tutti i suoi limiti, è salita su quel treno. Questo è ciò che conta."

La stazione Termini ci dà il benvenuto con il suo caos di pendolari e turisti. Ci dirigiamo verso l'albergo, un B&B proprio a cinque minuti da qui, quello che solitamente scegliamo con Penelope e Lucilla per la sua posizione strategica.

Il proprietario mi viene incontro con un sorriso che diventa perplessità non appena si rende conto che non sono con le mie solite compagne di viaggio.

«È mia mamma» gli dico fiera.

Il tempo di appoggiare i bagagli e usciamo di nuovo.

Mia madre inforca gli occhiali da sole e io mi trovo ad ammirare quanto sia bella. Non ha ancora compiuto sessant'anni, ma ne dimostra almeno dieci in meno; penso che potrebbero scambiarci per sorelle e che magari, chissà, potrebbe succedere pure di conquistare qualche romanaccio doc.

Ho mia madre a braccetto, una Roma piena di sole davanti e la cintura di E. in vita. Per un attimo sento che non mi manca niente. Prendiamo la metro e raggiungiamo piazza di Spagna. C'è la fontana al centro della piazza, la Barcaccia. Saliamo per la scalinata di Trinità dei Monti, riscendiamo e ci si spalancano davanti le viuzze delle boutique che fendono il cuore di Roma.

Percorriamo via Margutta, storicamente la via delle botteghe degli artisti, dei pittori, degli scultori e dei fabbri. In realtà oggi ci sono soprattutto grandi atelier, ma una forza creativa si respira ancora nell'aria.

Arriviamo poi in piazza del Popolo, afferro la mano di mia madre: «Ehi, mamma, alza lo sguardo» e davanti ai nostri occhi si apre la terrazza del Pincio, il luogo degli innamorati. Attraversiamo tutta via del Corso e quando proprio non ce lo aspettiamo ci abbraccia la fontana di Trevi. La sua bellezza acceca. Il suo bianco acceca.

«Mamma, il desiderio» le dico fissandola e porgendole una monetina.

«Lo esprimiamo insieme?» mi risponde.

Ci mettiamo di spalle, sembriamo due bambine piene di gioia ed entusiasmo. Non ci diciamo niente, non ci sveliamo niente. Ma riusciamo a gettare la monetina nello stesso istante.

È poi la volta di piazza Venezia con il suo monumento ai caduti, e poi di piazza Navona con i suoi artisti di strada.

È mia madre che qui mi riporta alla mente l'appartamento che si affaccia proprio sulla piazza, quello di *Ieri, oggi, domani* con la bellissima Loren, un Mastroianni in estasi e uno spogliarello indimenticabile sulle note di *Abat-jour.* Mano nella mano attraversiamo Campo de' Fiori e da qui ci incamminiamo lungo il Tevere fino all'Aventino e al giardino degli Aranci. Spiamo dal buco della serratura del portone per vedere *er Cupolone.*

Ed è qui che mia mamma si gira e mi dice: «Forse, ogni tanto, è necessario allontanarsi per poi ritornare a vedersi più da vicino...».

Questa volta sono io che resto in silenzio, ma penso che probabilmente il nostro desiderio espresso poco prima è lo stesso.

Parliamo di tutto e niente, e per un'intera giornata quel muro pare non esserci mai stato. Quel muro di pietre, sotto il sole di Roma, sembra diventato un mazzo di rose.

Siamo sfinite ed esauste quando intorno alle nove ci sediamo a Testaccio alla trattoria di Mario. Si entra da una porta piccolissima e ci si addentra in un locale stretto e lungo pieno di tavolini. Le tovaglie a quadri bianchi e rossi e alle pareti le foto di Anna Magnani e Alberto Sordi.

Il proprietario, che ha il viso segnato per il lavoro, ma

la pancia grossa per l'abbacchio, parla sempre con una voce alta e roca che rimbomba sui soffitti bassi. È un posto in cui tra una cacio e pepe e una coda alla vaccinara ti senti come se fossi sdraiato sul divano di casa tua. Non è bello, ma ha tutto. Come la mia cintura.

Complici il vino rosso, l'assaggio di carbonara, le fettuccine al sugo di coda, gli straccetti e un po' di trippa, iniziamo a confidarci come non avevamo mai fatto.

È da quando siamo salite sul treno che ho voglia di affrontare questo "noi" che tanto mi fa male, però non ho ancora trovato il coraggio. Ho paura della sua risposta e forse anche delle mie. Poi tocco la cintura, che mia madre ha già criticato perché eccessivamente rétro, e ripenso alle parole di E. Finalmente mi decido.

«Tu sei fiera di me, mamma?»

Lei rimane in silenzio per qualche secondo, come ieri sera al telefono. Ma chissà perché questo tacere, che il più delle volte mi suona come un sì, ora mi sta facendo tremare. Come quando ho distrutto tutto all'Autodemolizione Paradiso, come quando ho letto la lettera di E. e quel fottuto messaggio di Silvia.

«Sì che lo sono, Flò, io sono molto fiera di te» mi risponde con una voce dolce che per un attimo mi ricorda le sere passate in braccio a lei da bambina o i pomeriggi sulla giostra di piazza della Repubblica.

«E perché non me lo dici mai?» le chiedo subito, mentre il cuore torna a battere.

«Forse perché sbaglio. Anche io sbaglio.» Abbassa gli occhi e noto con stupore che le si riempiono di lacrime. «Probabilmente non sono stata abituata a dire certe cose e il mio atteggiamento talvolta ti fa credere il contrario, però sono molto fiera di te, Flò, anche di come stai affrontando questa separazione, del fatto che stai cercando di reagire.»

«Ho sempre pensato di averti delusa, tu stai con il babbo da una vita e vi amate come il primo giorno. Io invece non ho fatto come voi.»

«Solo una mamma può trovare nell'errore di un figlio un motivo per amarlo di più, non te ne scordare mai.»

Non posso che tacere davanti alla grandezza di quello che mi ha appena detto. *Flò, ogni volta che sbagli lei ti ama ancora di più,* mi scolpisco nella mente per non dimenticarmelo mai.

«Quando ho smesso di studiare, quando ho tradito le tue aspettative, ne ho commessi di errori...» sussurro.

«Non sono io che ti giudico, Flò, sei tu che giudichi te stessa. Il malessere che senti, la delusione che senti, sono tuoi. Io ne sono dispiaciuta, certo. Se le cose tra te e Filippo fossero andate bene ne sarei stata felice, questo è innegabile. Ma una separazione niente toglie alla donna che sei. Se ti fossi iscritta all'università, mi avresti ugualmente resa felice, non perché soddisfacevi un mio sogno, ma perché avresti realizzato il tuo. La pace la devi trovare in te stessa. Non in Filippo. Non in me. Soltanto nel tuo cuore.»

«Eppure spesso non mi sono sentita capita, mamma.»

«Molte volte nemmeno io mi sono sentita capita. Se tu hai bisogno di me, sappi che può accadere che anche io abbia bisogno di te.»

«E tu ce l'hai, mamma? Bisogno di me, intendo.»

«Più di quanto tu possa immaginare.»

In un secondo mi alzo dalla sedia e la raggiungo. Mi siedo sulle sue ginocchia come se avessi tre anni e l'abbraccio. Piango, e pure tanto.

«Tu sei la figlia che ho sempre desiderato» mi dice asciugandomi le lacrime. Poi mi guarda. «Adesso basta, tutti ci osservano, è imbarazzante. Torna al tuo posto, e diamine, Flò, ma quanto vino bevi! Hai già finito un altro bicchiere?!»

Rieccola. Ma non importa. Sfioro la cintura, tocco quegli anelli così uniti e penso che bastava veramente poco. Bastava avere voglia e coraggio, bastava provare a venirsi incontro. Bastava soltanto indossare una cintura per risentire tutto l'amore.

«Mamma, sono felice» le sussurro fissandola.

«Qualche biscotto secco da dessert?» ci interrompe il cameriere con fare sbrigativo.

«Sì» rispondo precedendo mia madre, «ce ne porti sette.»

5

RICORDATI CHE CI SONO ANCHE GLI ALTRI

Questo weekend sta volando, più di quanto potessi immaginare.

Stamani mi sono svegliata con una consapevolezza nuova, quella che mia madre non cambierà mai. Ma è una consapevolezza che, se fino a qualche tempo fa mi avrebbe devastato, oggi mi fa capire che niente toglie all'amore che malgrado tutto è sempre riuscita a darmi.

Gli effetti del sorriso e della cintura di E. continuano a sentirsi. Questa notte mi sono addormentata mentre la mamma e io parlavamo, non credo però che per lei sia stato lo stesso. Mi piace pensare che sia rimasta sveglia a guardarmi, a guardarmi dormire forse serenamente dopo tanto tempo. Magari accarezzandomi i capelli e ripensando a tutto quello che ci siamo dette a cena.

A colazione, non le chiedo se sia andata effettivamente così. Perché il bello di questa illusione è proprio il calore che mi trasmette, quello che mi scalda e che mi fa sentire diversa.

Alla radio dell'albergo, mentre io sono intenta a addentare la mia brioche ai cinque cereali e mia madre a sorseggiare il suo cappuccio, parte una canzone che non conosco, ma è una di quelle che ti inchioda al primo ascolto. È bella, talmente bella che potrei dedicargliela. Mi immagino con le cuffie alle orecchie, seduta su uno sgabello davanti a un microfono, a improvvisarmi speaker soltanto per il piacere di regalarle questa musica. *A mia madre, che mi ha insegnato a essere coraggiosa,* direi senza dubbio.

Quando ho scritto sulla chat delle Amiche che ero a Roma con mia mamma, Penelope e Lucilla non volevano crederci. Mi è sembrato di vedere le loro facce attonite. E al contempo di percepire la loro gioia per questo rapporto ritrovato. Condividere con loro è sempre la maniera migliore per assaporare tutto quello che mi accade, nonostante nell'ultimo periodo sia stata restia a lasciarle entrare nelle mie emozioni. Mi accorgo proprio in questo istante che i momenti di sconforto hanno il potere di farti credere di essere l'unica al mondo ad avere bisogno.

«Chiedere aiuto non è un atto di inferiorità, bensì di intelligenza» mi disse una volta mio padre dopo una delle nostre discussioni. E il fatto che adesso mi sia tornata in mente questa frase significa che non è una mera casualità.

Papà ha sempre parlato poco, in fin dei conti ha sempre delegato alla mamma non solo la gestione della casa ma anche la cura del rapporto con me. Però ha sempre avuto la capacità di rendere indelebili le sue parole.

«Le tue frasi, babbo» gli ripeto spesso, «sono un tatuaggio nel sangue.»

Durante il viaggio di ritorno, io e mamma facciamo una cosa che non succedeva da tempo: ci scambiamo idee sul mio look per l'addio al nubilato di Lucilla, questa sera. Avevo dimenticato quanto mi faccia sentire a casa il sorriso di mia madre, quanto si possa andare nella stessa direzione, e non solo per il fatto di viaggiare sul medesimo treno.

Al mio rientro a casa Osso, che avevo lasciato dalla dirimpettaia, appena mi sente salire i soliti quattro piani comincia a raspare contro la porta finché non decidono di aprirgli. Mi viene incontro guaendo e io mi commuovo di fronte all'amore di cui è capace.

Sono così emozionata e piena di entusiasmo che sommergo E. di messaggi e lei mi risponde un po' per assecondare la mia euforia, un po' per conoscere ogni dettaglio di questo weekend.

È in questo attimo di confusione, con il telefono che non smette di vibrare e Osso che mi riempie di baci, che, come un'onda in un mare impazzito, arriva il mio solito pensiero.

Sette anni di matrimonio, sette anni più giovane di me Silvia. Sette i brillanti nella riviera che ancora tengo al dito. Sette i baci che, per promessa, Filippo mi dava ogni notte prima di addormentarmi: uno su ogni guancia, tre sulle labbra, uno sul naso e l'ultimo a sfiorarmi la fronte. Sette dicembre il giorno di quella maledetta udienza. Sette le chiamate perse di mia madre. Sette i miei passi verso quel garage. Sette le cose che mi separano dalla felicità. Sette i conati che sono serviti per vomitare il dolore. Sette i biscotti per ritrovarsi.

Questa faccenda del sette continua a spaventarmi e affascinarmi. È diventata un mantra di cui però non posso fare a meno.

Per la serata allo Spritztime, con mia madre abbiamo optato per un tubino nero abbinato a degli stivali bassi abbastanza grintosi e a degli accessori piuttosto eccentrici, che mi trasformano in un misto tra Audrey Hepburn in *Colazione da Tiffany* e Catwoman.

Sono l'ultima ad arrivare, addirittura dopo la futura sposa. Ad accogliermi c'è Giovanni, che mi accompagna nella sala che abbiamo prenotato. Apro la porta e mi trovo davanti una schiera di donne tirate, pettinate, ingonnellate e profumate per l'occasione. Penso immediatamente che per noi femmine queste sono le occasioni perfette per sfoderare gli outfit più glamour. Penso anche che, pur essendo tutte amiche, ci stiamo studiando alla ricerca di qualche particolare da invidiare. È un'invidia sana la nostra, ma pur sempre invidia... Siamo donne e in fondo è inevitabile che sia così.

Lucilla mi viene incontro fasciata in un Armani rosso fuoco. E mi abbraccia talmente forte che d'un tratto mi ricordo che l'amicizia ha davvero le spalle larghe.

Raggiungo il tavolo per salutare le ospiti e in particolare Penelope, che all'orecchio mi sussurra qualcosa che però, per via della musica altissima, non riesco ad afferrare.

Sento vibrare il telefonino e lo estraggo dalla mia pochette. Ho un messaggio di E. che inaspettatamente mi mette di fronte a un nuovo passo: "Ricordati che ci sono anche gli altri".

"Non capisco" le rispondo di getto.

"Nell'ultimo anno, più o meno da quando Filippo se ne è andato, sei stata concentrata su te stessa. Gli altri sono esistiti esclusivamente come strumenti per ritrovarti, come oggetti per veicolare la tua rabbia. È ora di lasciarli rientrare nel quadro. Parti da stasera, parti dalle tue amiche di sempre" mi spiega.

"Cioè?" le scrivo subito, ma non ricevo risposta.

Aspetto un minuto, poi dieci, poi mezz'ora, ma niente, la love coach sembra essersi dimenticata di me. *Siamo al numero cinque dei sette passi necessari e mi abbandoni così?* mi domando sconsolata scuotendo il capo.

Non ho la benché minima idea di cosa mi stia chiedendo E., di cosa si aspetti. Stavolta il percorso non è solo faticoso, ma addirittura incomprensibile. Quindi decido di scriverle di nuovo, di domandarle aiuto, ma invano. Si sta comportando proprio come mia madre, che nei momenti difficili sceglie il silenzio; ma, se con mamma posso scommettere su un sì, dalla regina del garage invece non so cosa aspettarmi.

Intanto il dj fa partire una versione apparentemente lenta di *I Will Survive* di Gloria Gaynor. Lucilla non si controlla: è scatenata e chissà se tanta agitazione dipende dall'euforia o dall'ansia per il matrimonio. Guardandola mi dico che anch'io ho voglia di divertirmi e in fondo, dopo il passo verso mia madre, credo di meritarmelo. Sono stanca di pensare almeno quanto lo sono di piangere per Filippo.

Mi alzo e inizio a ballare.

Allo scoccare della mezzanotte arriva la mega torta che io e Penelope abbiamo scelto. Le ragazze cominciano a urlare e sghignazzare e in questo istante siamo l'esempio perfetto delle oche giulive. *Dio, quanto possono rendersi ridicole le donne a un addio al nubilato,* mi dico osservandole.

E qualche secondo dopo, ecco il colpo di scena... Coperto da un micro perizoma leopardato, dalla torta esce Nicola.

Nicola, ovvero colui che a me, Penelope e le altre è costato 550 euro per un'apparizione di mezz'ora.

La scelta alla fine è ricaduta su di lui per le sue caratteristiche fisiche, che rispecchiano in toto i gusti della nostra amica. Alto, addominali scolpiti, quadricipiti definiti e un fondoschiena di tutto rispetto.

«Cavolo, Lucilla, chiudi la bocca!» le grida Deborah, una vecchia compagna di classe.

Infatti la nostra amica è visibilmente scioccata dal fisico scultoreo di Nicola.

«No, vabbè, ora svengo!» le risponde Lucilla.

Scoppiamo tutte a ridere. E in un attimo mi sento al sicuro, cullata dalla certezza che Lucilla è e rimarrà la stessa, sempre e malgrado tutto. Le abitudini sono davvero come una coperta calda. La schiettezza di Lucilla, il fare rassicurante di Penelope, i denti bianchi di Giovanni, la scontrosità di Adele, le polemiche di mia madre, la mia foto sul comodino, il caffè macchiato in tazza grande di Patty e la voglia di correre di Osso.

La serata prosegue tra canzoni, battute, pettegolezzi, Negroni e champagne. Finché alle tre non siamo rimaste che Penelope, Lucilla e io.

«Sono le tre e siamo rimaste in tre» dice appunto Penelope, con gli occhi gonfi per la stanchezza.

Giovanni ci concede lo straordinario: «Alle quattro però, ragazze, tutte fuori» ci dice sorridendo.

Improvvisamente è silenzio.

Si sono accese le luci, è finita la musica e il mascara inizia a colare.

Lucilla è intenta a riporre dentro una busta i nostri regali, dalle manette di pelliccia rosa, al frustino, ai completini intimi con buchi ovunque, tanto da non capire da che parte infilarli, agli orecchini fallici. Sembra tutto perfetto. Lei è bellissima nel suo abito rosso, la festa è riuscita, Nicola l'ha fatta ballare per ben venticinque minuti, strusciando i suoi pettorali sull'Armani della mia amica. Ma improvvisamente Lucilla ci guarda ed esplode: «Ragazze, starò facendo la cosa giusta?».

«Perché, hai qualche dubbio?» le chiede Penny preoccupata.

«Ne ho molti, ragazze, molti.»

«È solo paura, normale paura» cerco di rassicurarla.

«Ti voglio credere, Flò» mi dice, «voglio credere che sia come dici tu.»

In questo momento apprezzo molto Lucilla e la sua sincerità, la sua voglia di condividere, il fatto che non abbia timore del giudizio, il desiderio di mettersi a nudo con tutte le sue fragilità. Lei, la mangiatrice di uomini, quella che cambia partner ogni sabato sera, non è sicura di niente. Mi trovo di colpo a invidiare la sua verità, il suo essere sempre così spudoratamente priva di maschere. E penso a quante volte io, invece, mi sono chiusa nelle mie paure, nelle mie incertezze. Quante volte non ho condiviso per paura del giudizio o per allontanare la compassione, o semplicemente per non ascoltare il parere degli altri.

Essere lasciata ti pone per forza nella posizione della più fragile, di quella che ha bisogno di essere compresa e consolata. Ho scansato non soltanto gli sguardi delle persone, ma anche le loro parole. Ho rimuginato su di me e sul mio dolore, dimenticando che chi mi era accanto poteva avere qualcosa da dire e che, anche quando si è stati abbandonati, si può avere qualche colpa.

Ricordo lo scontro di quel martedì sera con Penelope e Lucilla, quando per la prima volta mi hanno detto che forse avevo bisogno di aiuto. Ricordo la mia reazione stizzita, ricordo di aver afferrato il piumino e di essere corsa via, lasciando che fossero loro quella sera stessa a cercarmi, quasi con atteggiamento pentito.

Realizzo che il loro consiglio è arrivato a un anno dalla fine della mia relazione con Filippo, eppure quella è stata la prima volta che si pronunciavano. E mi rendo conto che probabilmente io non ho dato loro modo di dire nulla e che forse il malessere che provo non deriva dall'abbandono di Filippo, anzi forse quell'abbandono è la conseguenza per non essermi ascoltata.

«L'ho rivisto» Penelope interrompe il mio esame di coscienza.

«Chi?» le chiede subito Lucilla.

«Lui, il mio amore dell'estate caldissima.» Penelope abbassa gli occhi come se si vergognasse.

Restiamo in silenzio. Ognuna con la sua dose di pensieri.

Anche Penelope si è appena spogliata del suo atteggiamento da moglie, madre e ostetrica perfetta. Penelope come Lucilla sta chiedendo aiuto. Io sono la sola che non è stata in grado di farlo. Malgrado la frase di mio padre. E tra l'altro mi viene in mente che ancora non sanno neppure di E. e che nel negozio di abiti da sposa l'ho definita "nessuno di importante". E invece la mia love coach non solo è importante, ma è la persona che mi sta aiutando a cambiare la mia vita.

Scopro di avere volontariamente escluso tutti dal mio mondo, di essermi costruita il mio angolo, in cui Filippo era il responsabile di tutto, in cui io era quella che soffriva e gli altri quelli che non capivano. Mi sono costruita un non luogo che era soltanto mio. Mio e di Osso, per la precisione.

D'un tratto ecco che le parole di E. acquistano un significato ben preciso: "Ricordati che ci sono anche gli altri".

«Ho bisogno che mi diciate in cosa ho sbagliato» dico all'improvviso.

«Che intendi, Flò?» mi chiede Penelope, che è già pronta a mettere da parte il suo malessere per venire in mio soccorso.

«Ho bisogno di sapere dove ho sbagliato con Filippo, dove voi pensate che io abbia sbagliato in questi anni. Ho bisogno che mi diciate la verità. Mi serve per essere felice.»

«Flò, non hai mai voluto che lo facessimo» mi rispondono in coro.

«C'è una persona che mi sta aiutando, in un percorso difficile ed estenuante, una persona che mi sta aprendo gli occhi su molte cose. Sono sette passi, quelli che devo fare per provare a ritrovarmi, e in questo momento, con voi, sto iniziando il quinto.»

«Sette passi?» mi domandano sempre in coro.

«So che può sembrare assurdo, perché se lo dovessero raccontare a me non ci crederei, ma questo sette è una maledizione, inutile negarlo. Ogni cosa che mi travolge porta con sé questo numero.»

«Posso provare a dirti sette volte che ti voglio bene, Flò? Così per convincerti a non avere paura di noi» mi propone Lucilla.

«E sette volte te lo ripeterò anche io» aggiunge Penelope.

«Credo che abbiamo molto di cui parlare» rispondo sfoderando il mio sorriso migliore.

«Siamo proprio un disastro noi tre» ci guarda negli occhi Penelope.

«Indubbiamente, ma quanto meno non siamo sole.»

«Che ne sarà di noi?» domando a quel punto.

«Mah» ribatte Lucilla. «Se posso fare una previsione: io mi sposerò il 14 febbraio ed entro Ferragosto avrò già chiesto il divorzio. Penelope, questa volta, non aspetterà l'estate per spogliarsi dei suoi sensi di colpa e Flò, se tanto mi dà tanto, conclusi i sette passi ci dirà: "E ora che posso fare?".»

«Della serie» sorrido io, «non siamo mai contente?»

«Della serie siamo donne» chiosa Lucilla.

«Donne e amiche» aggiunge Penelope.

«Ed è l'apoteosi» concludo io.

Ci abbracciamo.

«Ragazze, sarebbe ora di andare a dormire» ci interrompe Giovanni con la sua solita gentilezza.

«Solo un attimo ancora, ti prego» gli chiedo. Poi mi alzo e gli allungo il mio cellulare, mentre provo uno strano brivido nello sfiorargli la mano. «Facci uno scatto. Adesso che siamo abbracciate. Ho bisogno di sostituire la fotografia sul comodino.» Stringo di più le mie amiche. «Dite *cheese…*»

"Ricordati che ci sono anche gli altri": da quella sera non ho smesso di ripetermelo nemmeno per un attimo.

Dopo l'addio al nubilato, Penelope e Lucilla sono venute a dormire da me. Era tanto che non ci abbracciavamo nello stesso letto come tre ragazzine. Osso quando le ha viste sembrava impazzito e ovviamente è stato felicissimo di farsi largo tra le coperte in mezzo a noi. E noi lo siamo state altrettanto di unirci tutti e quattro come se fossimo una cosa sola.

Per fortuna che avevamo deciso di prenderci una pausa dal lavoro l'indomani perché, non soddisfatte di aver tirato le quattro allo Spritztime, abbiamo visto l'alba continuando a parlare.

Ed è stato proprio in quelle prime ore del mattino che ho avuto l'illuminazione.

Dopo aver trascorso un sacco di tempo a parlare dei nostri dubbi e delle nostre incertezze, sono stata travolta da una sensazione di impotenza e inadeguatezza che sentivo di dover superare in un modo o nell'altro. Sono stata anche più volte tentata di scrivere a E. per chiederle qualche suggerimento, ma poi ho pensato che fosse venuto il momento di cavarmela da sola, o almeno di provarci.

Credo che Penelope abbia pianto ininterrottamente per quasi due ore. I sensi di colpa e il disagio che prova per il fatto di amare un altro la sovrastano e niente riesce a placarli. Abbiamo cercato di rassicurarla: io con il mio tatto e Lucilla con la sua pluriesperienza del sabato sera.

Ma credo che ogni nostro tentativo sarà sempre inutile, almeno finché Penny non si renderà conto che forse pure lei ha il diritto di essere felice e che la sua felicità non deve necessariamente venire dopo quella degli altri. Dovrebbe imparare ad accogliere le emozioni, anche quelle inaspettate, e a farlo con la stessa dolcezza e determinazione con cui in sala parto accoglie la vita che inizia.

Lucilla, invece, per la prima volta sembra essere davvero innamorata, e forse il problema è proprio quello. Convincere se stessa che finalmente è accaduto anche a lei.

Il problema è quello di dimenticare un padre che è

stato disposto a rovinare una famiglia per una ventenne con le nacchere. Probabilmente, poi, la recente visione di Nicola in perizoma non è stata una trovata felice. Lucilla, al di là dei traumi familiari, è indubbiamente un'amante del bello e del divertimento. Rinunciare agli addominali scolpiti per la mia amica è come smettere di correre per Osso.

Io, dal canto mio, continuo a tormentarmi tra la voglia di agire e quella di arrendermi, tra il desiderio di riavere Filippo e quello di ricominciare daccapo. Tra le volte in cui penso a Giò e mi convinco che potrei lasciarmi andare, e quelle in cui lo ricordo abbracciato alla donna del mojito e allora mi perdo nella paura.

Nonostante le differenze, c'è tuttavia qualcosa che accomuna me e le mie amiche: è il desiderio di riscattarci, di sentirci finalmente parte di qualcosa che abbiamo scelto noi.

Saranno state queste emozioni o questa scia di riflessioni, ma ecco che dal nulla è arrivata la soluzione.

«Ragazze» ho detto a un tratto, «dobbiamo lanciarci con il paracadute.»

Dapprima mi hanno guardata perplesse, poi hanno iniziato a ridere convinte che stessi scherzando e, soltanto quando è stato chiaro che ero seria, hanno iniziato a sommergermi di domande. Domande a cui io, in verità, non sapevo neppure cosa rispondere. Ma in fondo l'improvvisazione è sempre stata il mio forte.

«Dobbiamo farlo per noi, per metterci alla prova» ho spiegato. «Dobbiamo sfidare noi stesse, le nostre paure e i limiti che ogni giorno ci poniamo. Facciamo una cosa che non avremmo mai pensato di fare. Facciamo qualcosa di folle e facciamolo insieme.»

Non ho impiegato molto a persuaderle. Chissà, forse quell'idea bizzarra, in questo momento di cambiamento, era ciò di cui avevamo bisogno. L'obiettivo era chiaro: mettere per un istante da parte Filippo, i dubbi prematrimoniali, l'amore dell'estate caldissima. E soprattutto sfidarci per credere in noi.

Per questo, forti ognuna delle proprie convinzioni, oggi siamo qui nell'aretino al centro Volo, gestito da un amico di mia madre che pratica sport estremi e che organizza lanci per gli "appassionati del rischio", come ama definirli lui.

A proposito di mia madre, nel momento in cui le ho comunicato le mie intenzioni è rimasta sconcertata ma, forse per via del nostro soggiorno romano, non ha polemizzato più di tanto, mi ha fornito piuttosto i dati necessari per organizzare questa giornata.

Il futuro marito di Lucilla, invece, lo ha preso come un tentativo di suicidio in vista dell'imminente matrimonio, e i figli di Penelope hanno chiesto al padre se la mamma fosse di colpo impazzita. Eppure noi siamo sicure che queste persone ci stiano ammirando, che tutti siano in fondo stupiti dal coraggio che stiamo dimostrando.

Soltanto E. ne è stata subito entusiasta, anzi mi ha detto che, se l'idea non fosse venuta da me, probabilmente sarebbe stata lei a suggerirmela. Perché quello era il modo migliore per far rientrare tutti nel quadro, per restituire agli altri il posto che spettava loro. Mettersi alla prova insieme avrebbe rappresentato un punto di partenza per me e per le mie amiche.

Dopo le presentazioni, ci fanno indossare una tuta per il lancio e Lucilla appena la vede ci chiede se, così conciata, sia abbastanza sexy.

Io e Penelope scuotiamo la testa sconsolate per la domanda, ma Lucilla non demorde ed esclama: «Cristo santo, se proprio devo morire lo voglio fare da figa!» e tutti scoppiano a ridere.

Poi è la volta della spiegazione da parte degli istruttori, con le raccomandazioni del caso. Io ascolto con attenzione, Penelope credo che stia pensando ai figli e al fatto che se qualcosa andasse storto non le perdonerebbero mai questa cazzata, mentre Lucilla osserva i due coach, indecisa, secondo me, se a fine lancio avvicinarsi al moro latino o a quello castano chiaro con gli occhi verdi.

Tra la preparazione e la salita in aereo passa all'incirca mezz'ora e, quando siamo a circa 4400 metri di altezza, la paura inizia a farsi sentire prepotente, insieme all'adrenalina.

Penso che le sfide sono quelle davanti a cui la vita mi pone ogni giorno e che se sono sopravvissuta all'abbandono di Filippo posso pure buttarmi nel vuoto. Perché niente è impossibile. Penso anche che Penelope e Lucilla sono accanto a me, pronte a sfidarsi, pronte a dire no a tutte le incertezze che ci tolgono il respiro. Immagino che Penelope stia rivivendo il suo amore dell'estate caldissima e rimuginando sulla difficoltà di ammettere di amare quando questo significa dover mettere in discussione tutta la propria vita. E che Lucilla stia passando in rassegna mentalmente tutti i sabato sera che ha affrontato con un atteggiamento vecchio nel cuore e un uomo nuovo nel letto, e stia pensando a quanto sarà complicato doversi svegliare abbracciata allo stesso amore per il prossimo "per sempre".

Credo che se in questo istante ci fosse qui Osso mi consiglierebbe di prendere un bel respiro e di chiamare a raccolta il coraggio, perché lui si lancerebbe senza esitare soltanto per provare la gioia di correre nel cielo.

Probabilmente mi direbbe che non gli occorre neppure la pallina da tennis, perché le occasioni vanno colte al volo e cavalcate come onde. E magari alla fine si butterebbe pure mia madre, per la quale partire all'improvviso per Roma, lasciando da solo mio padre e preparando una valigia in poco più di un'ora, è già stato uno sport estremo.

Inspiro a fondo e mi lancio.

Sono in caduta libera. In caduta libera verso il mondo. Apro il paracadute e penso che Dio mi ha fatto una marea di regali. Dal verde ai prati, agli alberi, al mare e alle montagne. Ho mille pensieri nella testa e cerco inutilmente di darvi un senso. Allora mi chiedo quale possa essere la cosa migliore da fare, adesso che sto volando. E mi ritrovo a contare.

Uno, due, tre, quattro, poi il cinque, sei e sette.

Ed ecco che sicuro torna tra i miei ricordi il primo messaggio che mi ha inviato E. la sera che abbiamo deciso di intraprendere insieme questo percorso: "Allaccia le cinture di sicurezza, Flò. Perché da domani si comincia a volare" diceva.

Mi ripeto più volte quella frase e penso che non lo avrei mai creduto possibile ma che invece è andata esattamente così.

Mi dico che ho fatto bene a dare fiducia a quella innamorata con le ballerine grigio topo morto. Che ho fatto bene a fare l'amore con Giovanni e a inviare un messaggio alla regina del garage mentre ero su quel taxi. Penso che ho fatto bene a distruggere tutto con la rabbia all'Autodemolizione Paradiso e a riempire con il mio dolore quel foglio a due colonne. Penso che ho fatto bene a sorridere, malgrado la porta in faccia della condomina antipatica e la rispostaccia della signora con i capelli platino, perché poi Adele mi ha parlato e il signore dal profumo buono mi ha offerto il caffè. Penso che ho fatto bene a invitare Giovanni al matrimonio di Lucilla, a indossare la cintura di E. e a portare mia madre a Roma. E penso che ho fatto bene a credere che insieme alle mie amiche avrei potuto correre in mezzo a cielo.

Sette anni di matrimonio, sette anni più giovane di me Silvia. Sette i brillanti nella riviera che ancora tengo al dito. Sette i baci che, per promessa, Filippo mi dava ogni notte prima di addormentarmi: uno su ogni guancia, tre sulle labbra, uno sul naso e l'ultimo a sfiorarmi la fronte. Sette dicembre il giorno di quella maledetta udienza. Sette le chiamate perse di mia madre. Sette i miei passi verso quel garage. Sette le cose che mi separano dalla felicità. Sette i conati che sono serviti per vomitare il dolore. Sette i biscotti per ritrovarsi. Sette i "ti voglio bene" delle mie amiche. Sette i secondi necessari a volare.

Atterriamo. Tutte e tre. Ce l'abbiamo fatta.

6

PICCOLI OBIETTIVI

Il giorno del matrimonio arriva in un soffio.

Appena apro gli occhi in questa mattina di sole, ringrazio Lucilla perché dà un senso al mio san Valentino. Altrimenti l'occasione sarebbe stata perfetta per tornare a piangermi addosso ancora un po'.

Mi sciacquo la faccia, bevo un caffè, infilo un paio di jeans, metto il guinzaglio a Osso e inizio ad affrontare questa giornata speciale.

Il programma è già stabilito da tempo. Tra estetista, manicure, pedicure e parrucchiere mi domando se la sposa per caso non sia io. Non ho mai capito perché ai matrimoni si vuole sempre apparire al meglio. Chissà, forse il pensiero del "finché morte non ci separi" mette addosso a tutti una strana sensazione, quella di dover essere impeccabili.

Ora dopo ora l'ansia inizia a salire anche per me e Penelope: essere perfette in questo giorno è un altro dei nostri modi per dimostrare a Lucilla quanto la amiamo.

La chat delle Amiche è un susseguirsi di messaggi. Tra cose dette, non dette e quelle che diremo, ci teniamo compagnia tra una mèche, uno strappo di sopracciglia e una passata di smalto. Lo smalto tra l'altro continua a essere la scelta più difficile, come se il colore delle unghie rappresentasse ciò che abbiamo nel cuore. Penelope infatti sceglie il rosso acceso, l'amore per lei resta una dimensione imprescindibile. Io mi butto sul rosa antico, il classico colore di chi è indeciso tra il coraggio e l'abitudine, invece Lucilla opta per una semplicissima french manicure, come una qualsiasi vergine mancata. Stavolta però non parliamo di dubbi né di incertezze, la promessa è godersi questa giornata fino in fondo.

In questo turbinio di appuntamenti al femminile inaspettatamente si intrufola Giovanni, spezzando così la mia millimetrica tabella di marcia. "Flò, passa un attimo dallo Spritztime, c'è una cosa per te" mi scrive in un sms.

Arrivo che sono le undici e qualche minuto e trovo Giò intento a istruire i ragazzi su come affrontare la giornata. Mi rendo conto solo adesso di quanto Giovanni tenga a questo locale e di quanta passione infonda nel suo lavoro, e di colpo capisco che quell'entusiasmo è il motivo per cui lo Spritztime è ormai da un pezzo la meta preferita di molti fiorentini.

«Buongiorno, Flò» mi saluta con un sorriso.

Osso inizia a scodinzolare come se lo conoscesse da sempre.

Giovanni si china per accarezzarlo e in quel gesto è già racchiuso tutto il bello di questa giornata. «Questa è per te» mi dice poi alzandosi ed estraendo dalla tasca dei jeans una lettera.

Riconosco immediatamente la carta da lettere di E. e mi stupisco della sua capacità di raggiungermi in ogni luogo che amo. Più volte le ho scritto dello Spritztime, descrivendolo in ogni minimo dettaglio, e più volte ho sottolineato che quel posto rappresenta, per la sicurezza che mi regala, quasi una seconda casa. Ed ecco che la mia love coach, decidendo di farmi recapitare lì la lettera, mi dimostra di nuovo quanto tenga a me.

La apro subito, mentre Giò si allontana con discrezione. Non so perché, ma gli faccio cenno di restare. Aprendo la busta vedo subito l'immagine di una mongolfiera. Una mongolfiera rossa dai contorni blu. Sotto, in grassetto nero, c'è una sola frase.

Piccoli obiettivi.

Non resisto, estraggo il telefono dal mio zainetto nero con le borchie argentate e chiamo E.

Non ho mai sentito la sua voce, ho volontariamente voluto evitarlo, temendo che l'emozione mi facesse balbettare, svelando subito la mia mancanza di coraggio.

Ma ora, nel giorno di Lucilla e con il sorriso di Giovanni davanti, sento che è venuto il momento. E poi ho bisogno di capire il significato di quei "piccoli obiettivi".

Risponde dopo pochi squilli e di certo non immaginavo così la voce di E. Pensavo fosse più impostata, più severa, e invece il suo "pronto" suona dolce come una carezza. Ed è una di quelle dolcezze che ti sorprendono, come quella di Adele la mattina in cui si è avvicinata a me per pregarmi di non cedere al dolore.

Non mi lascia il tempo di rispondere che subito aggiunge: «Flò, finalmente» e io sono immediatamente a mio agio.

Intanto che parliamo comincio a girare intorno allo Spritztime con Osso al guinzaglio.

«Aver capito di aver commesso degli errori può essere un inizio, ma non è certo tutto» dice E. a un certo punto. «Perché quando si comprende di aver sbagliato c'è un nuovo, grande nemico da abbattere: il perfezionismo.»

«Cosa intendi?» le chiedo.

«Sono certa che la consapevolezza di aver avuto delle colpe con Filippo, con tua madre, con Lucilla e Penelope oggi potrebbe impedirti di agire. E invece io sono qui per dirti di buttarti, di buttarti nelle situazioni e di sbagliare, ma di farlo meglio. Superata la tristezza per il passato è l'ansia del futuro quella che rischia di atterrirci. Non importa se farai bene, Flò, l'importante è che tu faccia. Solo così potrai vivere pienamente il presente. Datti dei piccoli traguardi e poi pian piano alza la tua asticella. Si procede a piccoli passi. Questo nostro percorso, di cui siamo alla sesta tappa, non finisce in un giorno, non si esaurisce neppure in un mese, ma dura una vita. Quella che occorre a ognuno di noi per capire che è l'unica che abbiamo e che va sfruttata al meglio.» Dopodiché non aggiunge altro, solo "un bacio" prima di chiudere la conversazione.

Io resto immobile con Osso e con un'ondata di nuovi pensieri nella testa.

È incredibile come la mia love coach riesca sempre con poche parole ad arrivare al cuore delle mie fragilità. Le parole hanno davvero un peso enorme, che spesso invece viene sottovalutato. Le parole possono ferire o dare sollievo, possono ferire o confortare. Le parole possono ferire. Questo purtroppo l'ho imparato a mie spese in quella maledetta sera in cui Filippo mi ha confidato di amare un'altra, in cui non aveva nient'altro da dire se non la verità. L'ho imparato anche in quella dannata udienza in cui alla domanda del giudice risoluto, che chiedeva se ci fossero possibilità di riconciliazione, il cinese ha risposto no.

Se ho imparato quanto feriscono, l'incontro con E. invece mi sta facendo scoprire quanta delicatezza possano racchiudere. Quanto possano infondere coraggio, quanto possano aprire nuovi scenari. Penso alle parole scambiate con mia madre per abbattere quel muro. Penso a quelle regalate a Penelope e Lucilla per far rientrare tutti nel quadro. E penso anche a quelle che Giovanni non ha preteso dopo l'amore consumato da ubriaca.

E nell'istante in cui le parole non servono, trovo le uniche che ho voglia di dire.

Compongo il numero di cellulare della mia parrucchiera e disdico l'appuntamento. Penso che in fondo i miei ricci sono belli così e che basterà appuntarli per rendermi più carina in questa giornata.

Saluto Giovanni.

«Alle tre e mezzo passo a prenderti» dice lui.

«Ok, ti aspetto» rispondo e quel "ti aspetto" mi suona terribilmente bene.

Dallo Spritztime al mio nuovo obiettivo c'è almeno un quarto d'ora a piedi, ma io sento che devo superare i miei limiti e che il tempo è poco. Osso quasi fatica a starmi dietro e sono certa che se potesse parlare mi direbbe che lo sto sorprendendo ogni giorno di più. «Potrei anche correre» dico abbassando lo sguardo verso il mio meticcio, «ma non vorrei farti affaticare troppo, vecchio mio.»

Con il fiatone mi trovo davanti a quel portone, quello che non ho mai avuto il coraggio di oltrepassare. C'è affisso il cartello con gli orari della segreteria.

Guardo l'orologio, un Locman con cinturino bianco che Filippo mi ha regalato per il mio trentaquattresimo compleanno. Mancano cinque minuti alle dodici.

Penso che se ci fosse qui il cinese scoppierebbe a ridere e, ancora una volta, sminuirebbe e ridicolizzerebbe i miei desideri. Stavolta però non basta un orologio e i ricordi che porta con sé per demotivarmi, perché più forte di tutto ora è il pensiero della telefonata con E.

Piccoli obiettivi, mi ripeto.

Entro.

Mi accoglie una signora con i capelli color rame sulla cinquantina e degli occhiali con la montatura blu elettrico.

«Buongiorno, vorrei i moduli per l'iscrizione all'università» dico d'un fiato.

La signora dai capelli color rame abbassa gli occhiali e mi squadra da capo a piedi.

Non sembri la solita matricola, starà pensando. Ma io me ne frego.

Prendo quei fogli di carta, quei tre fogli di carta che mi sono costati una vita di coraggio, e raggiungo Osso seduto sulla soglia dell'ufficio.

«Sono felice» gli sussurro, mentre lui scodinzola e mi regala i suoi occhi verde marcio pieni di gioia. «Dio, se sono felice» ripeto ancora. Poi iniziamo a correre. E non ci serve neppure la pallina da tennis.

Indosso l'abito lilla da damigella. È lungo, arricciato sotto il seno e con un leggero strascico.

Penelope si è battuta in maniera strenua per farle cambiare idea, ma Lucilla è stata irremovibile. Solo sulla coroncina di fiori per i capelli siamo riuscite ad averla vinta, ottenendo di poterci acconciare a nostro piacimento.

Io lascio i ricci sciolti e da un lato li fermo con una forcina. Quando suona il campanello e mi guardo per l'ultima volta allo specchio, mi sento stranamente bella. Sopra l'abito in tulle indosso un giacchino nero di pelle, e mi precipito giù per i soliti quattro piani.

Giovanni è in piedi davanti al portone. Ha un abito scuro, una camicia bianca e una rosa all'occhiello. Trovo che sia straordinario, talmente straordinario che sento accelerare il battito del cuore.

Mi apre la portiera della macchina. Non mi dice che sto bene né che sono bella, non dice nulla, però mi guarda in un modo che mi basta.

Siamo gli ultimi a raggiungere la chiesa, gli ultimi prima di Lucilla, ovviamente.

Gli invitati ci osservano e mormorano, e allora penso che magari io e Giò siamo davvero una coppia ben assortita.

Raggiungo in fretta Penelope sul lato sinistro dell'altare, ci prendiamo immediatamente per mano e restiamo ad aspettare.

Appena Lucilla fa il suo ingresso in chiesa mi chiedo se sia tutto vero: la bellezza della mia amica e la gioia infinita che provo in questo momento.

Mi torna in mente il giorno in cui abbiamo scelto l'abito e a quando l'abbiamo vista uscire dal camerino, quando Penelope le è corsa incontro per abbracciarla mentre io sono rimasta un passo indietro per la paura di piangere. Ripenso alla prima volta in cui ci incontrammo alla Beauty Center e Lucilla piangeva per un amore andato storto e prometteva che non si sarebbe più innamorata. Penso a quando Penny, allora, uscì dalla doccia e ci rassicurò che invece l'amore esisteva e che probabilmente lo avremmo pure trovato, dimostrando da subito che sarebbe stata quella più di buonsenso tra le tre. Ripenso ai tanti sabato sera in cui aspettavamo sulla chat delle Amiche il resoconto della serata di Lucilla per deridere il malcapitato di turno. E penso a quante volte pure noi ci siamo prese gioco dell'amore e dei sentimenti, a quante volte ci siamo sentite più forti del sesso consumato in un sabato notte. Ripenso alle gite a Roma. A via del Corso fatta in lungo e in largo per spulciare ogni negozio, al vino rosso che faceva ridere a crepapelle Penny e ai selfie lungo il Tevere. Penso all'addio al nubilato allo Spritztime, a quando Nicola è uscito dalla torta mandando in un istante in subbuglio i nostri ormoni, a quando, a festa finita, ci siamo svelate i nostri dubbi e le nostre incertezze, alla notte trascorsa abbracciate nel mio letto e al lancio con il paracadute per convincerci che noi eravamo più forti di ogni paura. Penso che è davvero tanta la vita che abbiamo condiviso e ancor di più sarà quella che condivideremo.

Al sì di Lucilla, io e Penny non riusciamo a trattenere le lacrime. Non so se per l'emozione o per l'incredulità. Ma accade.

«Il peggio è passato» ci dice Lucilla mentre ci abbraccia all'uscita dalla chiesa. E io in fondo credo che abbia ragione. Quello è stato l'unico momento in cui per forza di cose abbiamo dovuto stare lontane.

L'aperitivo di benvenuto nell'agriturismo scelto per la festa vola in un attimo.

Ho un prosecco tra le mani, mentre mi godo il giardino enorme e questo verde che mi sembra essere il contorno perfetto al mio vestito lilla. È ancora inverno eppure questo 14 febbraio porta con sé il sapore della primavera. Ci saranno all'incirca duecento invitati e tutto è curato nei minimi dettagli. E questo è tipico della mia amica, che ama esagerare in ogni cosa.

Penso che stasera, però, ci sommergerà di domande per essere rassicurata sulla buona riuscita del matrimonio. E penso anche che non sarà difficile farlo. Vedo l'entusiasmo mio e di Penelope, quello che poi saremo in grado di descriverle. E le diremo quanto è stata azzeccata la scelta dell'avorio per le tovaglie e del rosa acceso per le peonie come centrotavola.

Nel sederci, Giò sposta la sedia in raso per farmi accomodare. Ci fissiamo e forse per l'imbarazzo non smettiamo di ridere. Guardo Penny con suo marito e i suoi figli: a tratti mi pare la donna più innamorata del mondo, a tratti la più infelice.

Dopo il secondo primo, i bicchieri di vino si fanno sentire. Penelope va alla toilette e ora che rientra mi accorgo che ha tolto il vestito lilla e ha indossato i suoi pantaloni neri con sopra una blusa paillettata. Giò si è slacciato un altro bottone della camicia, mentre io cerco di aggiustare i ricci in una sorta di coda improvvisata.

Nel frattempo Luca, il marito di Lucilla, per intrattenere gli invitati con la sua voce decisamente particolare intona *Save the Last Dance for Me* di Michael Bublé. Giovanni mi si avvicina scatenandomi un brivido. E sono indecisa se è più forte tra le gambe o nel cuore.

Mi trovo di colpo a ripercorrere quella notte. Quando io urlavo per il piacere e in fondo quel piacere lo sentivo per davvero. Quando sentivo i suoi baci tra le cosce e improvvisamente ricordavo quanta intensità potesse avere il desiderio. Quando lui mi spogliava. Quando lui si spogliava. Quando non smetteva di guardarmi perché anche di fronte al mio corpo nudo sceglieva sempre i miei occhi. Quando per Natale ha deciso di riportarmi a casa e di baciarmi sulla fronte davanti al portone. Quando questa mattina si è accovacciato accanto al mio meticcio e in un attimo mi ha dimostrato di quanta delicatezza sia capace. Ripenso però anche alla donna del mojito, alla fiducia che non ho più negli altri, alla paura di soffrire perché non ho mai smesso di farlo.

Cerco di scacciare questi pensieri, che da un lato mi rendono felice ma dall'altro mi spaventano. Forse non sono ancora pronta per affrontarli, perciò esco un attimo dalla sala per prendere una boccata d'aria, sperando che il vento freddo metta un po' d'ordine nella confusione che ho in testa.

Prendo il telefonino e vado su Facebook, cercando, con un'inspiegabile frenesia, il profilo di Silvia. Senza un motivo ben preciso, mi trovo per l'ennesima volta a spulciare la pagina della donna che tanto mi ha ferito. Stranamente non c'è nessuna fotografia nuova che li ritragga insieme.

Sento che in fondo in questo momento non sarebbe stato necessario, che in questo momento non mi interessa che cosa stia facendo Filippo. Ma sembra che la mia dipendenza da loro due non mi voglia abbandonare.

Il passato è un'àncora pesante, penso. Il passato non fa da filtro al presente, ma da limite per il futuro. Forse bisognerebbe vivere senza memoria perché i ricordi sono spesso una condanna, e allora forse fa bene Adele a non fermarsi mai proprio per non correre il rischio di ricordare.

Con questa nuova consapevolezza nel cuore, decido di rientrare.

Le note di *I Say a Little Prayer* mi accolgono e vedo Giovanni venirmi incontro.

Piccoli obiettivi, mi ripeto come un mantra osservandolo farsi largo tra gli invitati.

Mi invita a ballare e io accetto volentieri.

Il mio vestito lilla mi limita nelle movenze, ma non mi

impedisce di scivolare tra le sue braccia per questo lento. Credo di stringermi a lui forse un po' troppo. Credo di accarezzarlo con i miei seni. E di riscaldarlo con il calore del mio respiro. Credo di inebriarlo con il mio profumo e di confonderlo con la mia pelle d'oca sulla schiena. Ma credo anche di riuscire a trasmettergli tutto il desiderio di sincerità che sento in questo momento.

Ci muoviamo a tempo con la musica e con le emozioni che ci fanno vibrare.

«Forse serve solo sbagliare meglio di come abbiamo fatto in passato» gli dico a un tratto, provando in questo modo ad aprirmi uno spiraglio di luce sul futuro.

«Forse non è sufficiente» risponde lui.

«Cosa intendi?»

«Bisogna avere il cuore libero per amare ancora.»

«Io credo di averlo.»

«Io invece credo di no» replica stringendomi ancora di più la vita. «Sai cosa serve, Flò, per sbagliare di meno? Serve essere totalmente in pace con se stessi e con ciò che è stato. Serve essere pieni. Non c'è persona che possa completarci. Ma esistono persone che ci possono arricchire.»

«E quand'è che si ha il cuore libero?» gli chiedo, indecisa se accogliere le sue parole nella maniera giusta o se attaccarmi all'insicurezza e interpretarle come un rifiuto. Il filo di incertezza su cui ogni volta è in grado di farmi camminare Giò è ciò che mi affascina e che mi allontana da lui.

«Quando si ha voglia di spalancarlo agli altri, quando non si ha più paura di farsi conoscere.»

«Giò, io e te ci conosciamo già.»

«Oh, no, Flò, io e te non ci conosciamo affatto e tu hai più paura di quanto credi.»

«Questo è quello che ti piace pensare.»

«Questa è la verità. Io non so niente di te, perché tu non sei pronta a dirmelo.»

La canzone si interrompe, ma noi non smettiamo di ballare.

«Non è così, non è come dici tu» mormoro e inspiegabilmente gli occhi mi si inumidiscono.

«Qual è il tuo fiore preferito, Flò?» mi chiede guardandomi.

Resto in silenzio. E, non so perché, ma le parole, quelle che feriscono e che possono anche confortare e consolare, non arrivano. Non ho le parole. Ho solo lacrime.

«Lo vedi» continua lui accarezzandomi il viso, «non andare più veloce dei battiti del tuo cuore.»

7

LA VITA È ADESSO

Continuo a pensare ai miei piccoli obiettivi. E ogni giorno mi convinco che possa essere l'occasione buona per prefissarmene di nuovi.

In realtà devo ammettere di essermi un po' arenata. Ho messo i moduli dell'università sul mobile in salotto e la sera quando mi sdraio sul divano continuo a osservarli, ma poi finisco sempre per rimandare il momento di compilarli.

Giò, dopo il matrimonio, non si è fatto più sentire.

E che cavolo, mi sono detta, *probabilmente non rientro tra i suoi piccoli obiettivi.*

Eppure io continuo a pensare a quel ballo, a lui che mi stringeva la vita, anche se l'immagine della ragazza bionda della Vigilia di Natale, quella che lo guardava con passione e che sicuramente con Giovanni aveva condiviso molto più di un mojito, non smette di ronzarmi in testa.

Lucilla nel frattempo è partita per la luna di miele e starà venti giorni alle Maldive. Tuttavia, nonostante di giorni ne siano passati appena dieci, mi sembra già che si senta soffocare nella nuova veste di moglie. "Meglio un giorno alle spiagge bianche con voi" è stato il messaggio che ci ha inviato sabato sera sulla chat delle Amiche, probabilmente con la voglia di rispettare il consueto appuntamento, ma anche tradendo l'ansia di essersi ficcata in una situazione a cui non so se riuscirà ad abituarsi.

Ogni tanto vorrei che il sabato sera venisse abolito dal calendario.

Perché se sei fidanzata lo aspetti con trepidazione, malgrado il più delle volte si finisca in una pizzeria frequentata da ragazzini di terza media, spendendo quarantasette euro per una margherita bruciata con una birra svanita.

Se ti sei appena lasciata, ecco che il sabato sera ha il sapore del ricordo: di lui che ti stava accanto, che ti baciava forte, che condivideva i tuoi programmi tv e magari rideva per i tuoi stessi film.

Quello con le amiche, invece, sa di aspettative irrealizzate. Dal lunedì pensi a cosa indossare e a come truccarti, per poi ritrovarti a fare il giro dei locali alla moda e ad allacciare rapporti solo con idioti che la cosa più romantica che sanno dirti è: «Se non ti metti in ginocchio entro due minuti, mi puoi pure restituire i soldi del Cuba libre».

Il sabato sera non ha senso, diciamocelo pure.

A meno che non si abbia la fortuna di imbattersi in un tipo bello, simpatico e libero, che ti fa perdere la testa a suon di bistecca e Sassicaia, che ti fa venire almeno due volte in quarantacinque minuti e che per toglierti dall'impasse del "mi chiamerà domani?", ti sussurra con voce roca: «Appena apri gli occhi, domattina, scrivimi tu».

Adesso sono le 20 di giovedì. Ho da poco finito di cenare, due fette di bresaola e un'idea di rucola, una cena così triste che nemmeno dopo una colonscopia.

Sono qui che penso se scrivere o no a Giovanni, se farmi sentire o lasciare che sia lui a cercarmi. Poi mi rendo conto che in amore non si può mai essere davvero certi. Anzi. Forse le paure compaiono proprio quando si prova un'emozione.

E in questo istante mi torna in mente la donna dalle ballerine grigio topo morto e il suo tremore. Ricordo il biglietto che mi ha dato e gli incontri delle innamorate anonime. Me ne ero completamente dimenticata! Così come mi sono dimenticata che non sono l'unica a soffrire per amore, ma che come me ci sono migliaia di donne.

Non ci sto a riflettere più di tanto, perché ormai la vita mi ha insegnato che troppi pensieri a volte sono soltanto un limite, realizzo piuttosto che oggi è giovedì, la sera in cui si tengono gli incontri.

Le coincidenze non esistono, sono l'alibi di chi non ha coraggio, mi dico. Quindi afferro il mio casco Big Babol e lo zainetto nero con le borchie argentate e raggiungo via Pisana.

Questa volta parcheggio proprio di fronte per evitare eventuali ripensamenti e, mentre lego la catena, un signore che passeggia per di lì, con un anziano barboncino bianco al guinzaglio, mi guarda e borbotta: «Eccone un'altra».

In un nanosecondo quelle parole mi fanno sentire una disperata in cerca di consolazione e mi chiedo se l'amore ci renda tutte così stupide e bisognose di aiuto.

Intanto mi arriva su Facebook una richiesta di amicizia. Guardo la foto del profilo, ma non lo conosco. Si chiama Diego. Vado subito a controllare la sua pagina e scopro che abbiamo una decina di amici in comune; probabilmente è proprio attraverso uno di loro che è arrivato a me. Diego è decisamente bello. *Be', stai a vedere che magari è la volta buona,* penso. Clicco su "conferma" e accetto la richiesta.

Nel frattempo mi incammino verso il garage. Percorro velocemente la discesa, quella che mi aveva spaventata e che mi aveva costretto a tornare indietro, prima di cambiare idea un'altra volta.

C'è silenzio e buio in fondo alla discesa di via Pisana. Guardo l'orologio: sono le 21.10. Probabilmente, vista l'ora, la riunione è già iniziata e non posso fare a meno di immaginarmi la scena che mi si parerà davanti.

Aprirò la porta e mi troverò di fronte un cerchio di donne piangenti. Forse saranno tutte vestite di nero e con il fazzoletto in mano. Mi accoglieranno con un: "Benvenuta tra noi, sorella" e da quel momento inizieremo a raccontarci quanto siamo sfortunate e quanto sono stronzi gli uomini che abbiamo incontrato. Probabilmente al termine dell'incontro deciderò di dimenticare il sesso per convertirmi alla fede e farò voto di castità.

Il solo pensiero mi fa gelare il sangue e mi dico che ho sbagliato a decidere di raggiungere di nuovo via Pisana e che non ho bisogno di una coach, né tanto meno di un cerchio di donne disperate.

Mentre sto per voltarmi e scappare, mi arriva un messaggio privato su Facebook.

È Diego.

Be', questo tipo mi piace, è audace e intraprendente, non sta perdendo tempo, penso. Leggo con molta curiosità, che però in un attimo si trasforma in tristezza: "Premetto che ho sbagliato nell'inviarti la richiesta. Comunque piacere" sono le parole del nostro eroe.

Decido di non rispondere. Eppure lui continua: "Ti disturbo? Rispondimi!".

Dunque: sono nel bel mezzo di un dramma esistenziale, sto infatti decidendo se presentarmi o meno al cospetto di una manciata di donne innamorate, ho appena guardato l'orologio che mi ha ricordato Filippo, ho pensato a Giovanni che dopo un ballo si è eclissato nel nulla, e questo fantomatico Diego mi chiede se disturba? Tra l'altro il suo approccio mi pare decisamente penoso e prepotente. *Ma chi ti conosce!*, gli urlerei in faccia se ce l'avessi davanti.

Ma Diego non demorde e, riferendosi al mio post sulla cena triste di poco fa, scrive: "Ah. Io adoro la bresaola".

A questo punto invio un emoticon con il pollice in su, anche se la sua mi pare una frase scontata e bugiarda, perché non ho parlato di carbonara o di tortelli al ragù, bensì di bresaola, e il fatto che lui la adori può significare solo tre cose: o che sia uno in fissa con la linea, o che sia depresso come me, o che mi stia dimostrando quanta voglia ha di portarmi a letto. Comunque con un emoticon non si sbaglia mai, perché alla fine Diego è un bel tipo, magari l'inizio non sarà stato strepitoso, ma chissà, con il tempo potrebbe stupirmi. Magari è proprio la persona che fa per me e che mi farà capire che in fondo gli uomini non sono così difficili da decifrare e che bastava un attimo e crederci ancora per dimenticare il matrimonio con Filippo e il ballo con Giovanni.

La mia risposta però, non lo soddisfa e lui insiste. "Insomma, sei interessata o no?"

Sgrano gli occhi sconcertata e non rispondo.

"Fai anche la preziosa? Tiratela di meno, bella. Lo sai cosa? Io ti saluto" mi messaggia subito. E poi mi cancella dagli amici.

Resto immobile e attonita. Al termine della discesa di via Pisana con il telefono in mano, con la consapevolezza che certi uomini non cambieranno mai, ma che anzi si meritano l'estinzione, e con la certezza che io devo continuare a non darla a nessuno. Almeno l'amicizia.

Filippo mi ha tradita.

Giovanni si è accontentato di un ballo.

E Diego mi ha scaricata dopo sessanta secondi, dandomi quanto meno la spinta che mi mancava.

A questo punto, delusa e amareggiata, decido di spalancare la porta del garage. «Buonasera» dico.

Si voltano tutte. Otto donne, sedici occhi puntati addosso. Mi sento osservata, decisamente osservata. A dispetto di quello che pensavo non sono vestite di nero. Anzi. Qualcuna sfoggia pure qualche colore sgargiante e allora penso che magari il garage potrebbe farmi bene.

Cerco di individuare E. tra le presenti, ed è facile. Solo

una ha una cartellina in mano, una penna tra le dita e l'aria rilassata. Sono sicura che sia lei.

«Sono Flò» mi presento.

«E quindi?» mi risponde una tipa con i capelli corti e neri come la pece. Ha la voce dura e un ghigno che mi fanno subito pensare che: o è stata appena lasciata, o comunque, come me, oltre a essere stata piantata, è stata persino tradita.

Sto per ribattere, ma ecco che E. si alza in piedi e mi viene incontro: «Flò, finalmente», lo stesso "finalmente" che ha pronunciato la mattina del matrimonio di Lucilla. «Ti prego, siediti» aggiunge.

«Dunque chi sei?» mi domanda subito la tipa dai capelli neri.

Mi convinco che solo una delusione feroce può averla resa tanto aggressiva. E probabilmente la colpevole è un'altra 90-60-90 come Silvia.

«Ero curiosa di scoprire questo garage» replico. «Conosco la dottoressa, mi ha molto aiutata e ho pensato di venirla a trovare.»

«Be'» esordisce una bionda sulla trentina, con le labbra rosse e i boccoli che le ricadono sulle spalle, «quel che succede in questo garage è molto semplice: se ti chiama o risponde ai tuoi messaggi, sappi che non è il posto per te!»

«In realtà il mio ex marito ha fatto molto di più, mi ha

tradito» rispondo mentre cerco di scorgere qualche reazione del tipo "ti capisco" sul volto dell'acida. «Ho vinto qualcosa?»

«Sai già chi è lei?» mi interrompe una voce alla mia destra. Avrà all'incirca venticinque anni e allora mi dico che per amore si comincia a soffrire presto.

«Certo. L'ho saputo immediatamente.»

«E hai già controllato il suo profilo Facebook?» mi chiede un'altra innamorata, che tiene gli occhi bassi e i pugni chiusi.

«Lo faccio tutte le sere» dico, incredibilmente senza provare nessuna vergogna.

«Allora benvenuta tra di noi» interviene quella dai capelli neri, rassicurata dal fatto che ho dimostrato di essere una seriale dell'amore, proprio come loro.

«Non credevo che saresti venuta» mi dice E. con un misto di gioia e di incredulità.

«Era arrivato il momento. Però non so se voglio restare. Cioè, stiamo facendo un percorso e probabilmente questa non è la sede giusta in cui continuare il cammino che ho intrapreso.»

«Quanto tempo è che non lo senti?» mi domanda la biondina.

«Esattamente settantasette giorni, venti ore e diciassette minuti.»

«Ahhahahahahhahah» scoppia a ridere l'acida dai capelli neri. «E dove vorresti stare se non qui?»

«In realtà, Flò» prende la parola E., «questo dimostra che il percorso che abbiamo fatto sta servendo a qualcosa.» Poi aggiunge: «Qui solitamente abbiamo l'abitudine di presentarci e spiegare a grandi linee chi siamo. Ti va di farlo anche tu?».

Resto un attimo in silenzio, quei silenzi in cui sono io a dover decidere. Come quando dovevo dire se c'erano possibilità di riconciliazione con Filippo o quando dovevo dire a Giovanni qual era il mio fiore preferito. È un silenzio che non so quanto durerà, perché la cosa bella di quando decidi di tacere perché ti mancano le parole è che si ferma pure il tempo. Tutto resta in attesa di te e delle parole che sceglierai.

Mi guardo intorno e osservo le innamorate. No, non voglio deluderle, non se lo meritano. Perciò inspiro a fondo e dico: «Sono Flò, ho trentasei anni e non ho più paura».

E. mi rivolge un sorriso che sa di vera complicità, quella che c'è il martedì quando con Penelope e Lucilla ci sediamo allo Spritztime.

Stranamente non mi sento nella posizione di dover dare alcuna spiegazione, il supporto di E. mi basta e non mi interessa più cercare per forza l'approvazione nello sguardo degli altri. «Comunque, prima dell'interruzione di Flò, ero io che stavo parlando, ve lo vorrei ricordare!»

«Hai ragione, Gaia» si volta subito la mia love coach e si scusa con lei a nome di tutte.

Credo che Gaia sia una mia coetanea e credo anche che non stia vivendo un periodo facile. Non solo per la sua presenza nel garage, ma soprattutto per quelle braccia incrociate che stringe a sé, quasi a voler proteggere qualcosa che in realtà non ha nessuna voglia di raccontare.

«Dunque, riprendendo il discorso, non penso che l'assenza di Edoardo debba per forza dipendere dalla presenza di un'altra donna. Voglio dire, è vero: è meno presente, sento che mi guarda meno, noto che è più restio a starmi vicino e a volte i messaggi che ci scambiamo durante la giornata, che solitamente erano almeno una decina, si riducono alla metà. Però non necessariamente ci deve essere qualcuno, o sbaglio?»

«No, non è detto, magari ce ne sono due!» interviene la tipa con i capelli neri, che davvero non perde occasione per mostrare la sua acidità.

«Ci sono altri aspetti che te lo fanno vedere diverso?» chiede la love coach ignorando di proposito quella battuta infelice.

«Dottoressa, non ha più il desiderio di condividere con me ogni cosa. A volte ci bastava uno stupido film alla tv per esser felici, negli ultimi tempi invece neppure le cose più esilaranti gli fanno venire voglia di ridere.»

Mentre Gaia parla, ripenso a Filippo e agli ultimi mesi con lui. Nonostante niente fosse più come prima, fingevo che andasse tutto bene. Ora mi chiedo se l'ho fatto per proteggermi da una verità che non volevo affrontare o se anch'io ero tanto distratta e meno coinvolta da lui da non accorgermene.

Al contrario di me, Gaia è una donna che ha saputo scorgere nel suo uomo ogni sfumatura di cambiamento, e mi domando se Silvia sia stata desiderata da Filippo o se sia stata la conseguenza della mia disattenzione, di me che non avevo abbastanza tempo per amare, presa com'ero dal tentativo di risolvere le contraddizioni che mi portavo dietro: il rapporto conflittuale con mia madre, la perenne insicurezza, gli studi abbandonati.

Estraggo il telefono dallo zainetto con le borchie e controllo il display. Non so se sto aspettando un messaggio da parte di Filippo o di Giovanni. Poi vado su Facebook e pubblico un post: "Amo le parole che non mi dici perché corrispondono esattamente a tutte quelle che vorrei sentire".

Quali sono le parole che potrebbero convincermi ad amare ancora e in maniera diversa? mi domando. *In chi sto cercando la soluzione ai miei problemi?*

Di certo Filippo non si dimentica, né si dimenticano i sette anni di matrimonio e i sette brillanti che porto ancora al dito. Filippo è la fine che mi ha costretto a ricominciare. Filippo è la fine, ma l'inizio non può avere nessun altro nome se non il mio. Devo partire da me.

«Non sei stata con nessun altro dopo tuo marito?» mi chiede all'improvviso la donna con gli occhi bassi e i pugni stretti.

«Be', sì, con uno. Uno con cui però ho semplicemente scopato, niente di che.»

«Se ti va prova a spiegarci» dice la bocca rossa con i boccoli fino alle spalle.

«Ero ubriaca e questo già dimostra che non ero in me.»

«Oppure lo eri fin troppo!» ribatte la tipa dai capelli neri.

«Che intendi?» le chiedo.

«Che a volte da ubriachi si fa quello che non si ha il coraggio di fare da sobri.»

«Oh, no. Non è il mio caso. Siamo andati a casa sua. Io indossavo una brasiliana color prugna che lo ha fatto trasalire non appena mi ha slacciato i jeans e ne ha toccato il raso bello. Lavoro in un negozio di intimo e il dettaglio per me rappresenta qualcosa di vitale importanza. È stato sopra di me quasi tutto il tempo. Strano, perché sovente sono una che preferisce sbizzarrirsi in chissà quale posizione e invece con lui sopra mi pareva ci fosse tutto.»

«Uh, il missionario... che palle!» commenta l'acida.

«Io in realtà non mi sono così annoiata» dico tra le risate di tutte. «Averlo sopra di me mi faceva sentire sua, come se mi avesse stretta in un abbraccio senza fine. Mi ha baciato. Mi ha riempito di baci. E quelli me li ricordo malgrado i tanti Negroni. Perché lui aveva un profumo che mi ricordo anche oggi. L'altra notte mi è capitato di sognarlo. E ho nuovamente sentito quell'odore. Quello che quella sera mi ha rammentato che buon sapore ha il desiderio.»

«Per essere stata l'avventura di una notte, ti ricordi diversi particolari» dice Gaia.

E. invece resta in silenzio e mi guarda. Credo che abbia bisogno di capire e di osservarmi. Credo che si stia domandando se la donna che sta aiutando da oltre tre mesi sia come se la immaginava.

Le ore all'interno del garage volano, e volano perché stiamo parlando tutte la stessa lingua. Un po' come è accaduto la notte dell'addio al nubilato a casa mia con Penelope e Lucilla. In questo garage stiamo guardando tutte nella stessa direzione, come io e mia madre nel viaggio di ritorno da Roma, e questo ci fa sentire un po' meno sole.

Non so cosa mi aspettavo da questo incontro, ma il fatto di capire che non sono l'unica a soffrire per un abbandono e che non sono l'unica ad attendere un messaggio che non arriva mi rincuora.

«Che sapore ha la felicità, dottoressa?» domanda a un tratto Gaia, che dimostra di essere forse la più bisognosa di risposte.

«La felicità è un attimo» risponde E., «un attimo che vola via. E non è detto che quello che oggi è felicità domani lo sia ancora. Tutto sta nella capacità di accorgersene proprio nel momento in cui la stiamo vivendo.» Poi si gira verso di me e mi chiede: «Flò, per te cos'è la felicità?».

«Osso che ha voglia di correre» dico senza pensarci neppure per un attimo.

«E ieri?» insiste lei.

«Erano i sette baci di Filippo, i suoi sette baci prima di dormire.»

«Si può dunque ripartire da quello che non c'è più?» mi domanda E. mentre con la mano destra si aggiusta il ciuffo che le ricade sul volto.

«Non lo so, ma ci sto provando» rispondo.

«Ragazze, l'incontro è finito» annuncia E. dopo qualche istante di silenzio.

Gaia indossa un cappotto tre quarti, la tipa acida un

parka verde militare che rispecchia la sua grinta, mentre la bocca rossa con i boccoli una specie di pellicciotto color castoro che fa pendant con il suo cattivo gusto. Ognuna recupera i propri oggetti con l'ansia di uscire da quel garage, per riflettere su quanto è stato detto, per provare a rischiare, o per piangere.

La love coach accompagna tutte alla porta, le saluta con un sorriso così pieno di dolcezza che sono certa che le cullerà fino al prossimo giovedì. Poi prende una sedia e la sistema proprio davanti a me.

«Flò.» Mi stringe la mano appena pronuncia il mio nome. «La felicità è un brivido, forse stasera lo abbiamo capito. Ma è un brivido che va colto nell'istante in cui lo si prova. Perché rischia di non tornare.» Mi guarda dritto negli occhi. «Tu hai camminato tanto. E lo hai fatto a piedi scalzi, e io ho percepito tutto il tuo dolore. L'ho percepito quella prima sera, quando ti sentivi confusa e smarrita, e il sesso con Giovanni forse ti sembrava il più grande tra gli errori. L'ho percepito all'Autodemolizione Paradiso quando hai pianto in macchina con Osso anche le lacrime che non avevi. L'ho percepito quando hai riempito quel foglio bianco di tutti i tuoi pensieri, delle colpe tue e di quelle di Filippo, e ti sei dovuta mettere un dito in gola per vomitare la paura. L'ho percepito quando il sorriso ti sembrava l'ultima cosa che avevi voglia di mostrare, e invece quel sorriso ti ha fatto incontrare il vecchio signore dal profumo di gentilezza e ti ha fatto dire no ai ricordi che Salimbeni portava con sé. L'ho percepito quando hai indossato la cintura di mia madre solo per recuperare la tua e quell'anello di congiunzione che mancava. L'ho percepito quando hai sfidato i tuoi limiti aprendo quel paracadute che rappresenta il bisogno che hai degli altri. L'ho percepito quando sei entrata in quella segreteria per chiedere i moduli di iscrizione all'università e quando hai detto di sì al ballo con Giò. Però ricordati che la felicità costa coraggio, e soprattutto che la vita è ora. La vita è adesso. Rammentalo ogni sera, ogni sera prima di dormire. Il settimo dei passi che ti chiedo di fare è forse quello più difficile. Perché non sempre riuscirai, perché ci saranno giornate in cui penserai di non avere niente per cui provare un brivido, eppure ti garantisco che persino il giorno peggiore può meritare un tuo pensiero positivo.»

«Che cosa devo fare?»

«Ogni sera prima di dormire smetti di pensare a quei sette baci, e prova a pensare a tre cose, tre cose per cui, nella giornata che si sta chiudendo, senti di dover essere grata. Prova a tenere un diario di ogni tuo giorno.»

«Ma sono tre cose contro sette. Direi che è abbastanza semplice!» ribatto immediatamente.

«Dici? Io invece non credo, ma tu fallo. E ricorda che quelle tre cose non per forza dovranno appartenerti per sempre. Tu impara a esserne felice per il solo fatto di averle avute.» Mi abbraccia, mi abbraccia talmente forte che sento che non c'è bisogno di aggiungere altro.

Prendo il mio zainetto nero con le borchie argentate, il casco Big Babol ed esco dal garage.

Percorro quella che adesso è diventata una salita e mi ripeto che la vita è davvero strana, perché in questo momento mi sento più leggera di prima. Le gambe non avvertono il peso, forse perché il cuore si è alleggerito.

Nel viaggio di ritorno a casa penso che questa cosa del diario con le tre cose per cui sono grata è una gran figata. Perché ogni sera, anche nella giornata più difficile, mi aiuterà a cogliere del positivo, degli aspetti che in un modo o nell'altro mi aiuteranno a farmi stare bene.

Guido lo scooter e sono stanchissima. Questa serata è stata importante ma anche impegnativa. Il vento che mi investe mi ricorda che l'aria fredda ha il potere di scompigliarti i pensieri e non soltanto i capelli. Perché il vento forse d'ora in poi avrà la capacità di appartenere a qualcosa di più grande, non solo a Favignana.

Salgo i quattro piani e intanto mi chiedo quali potrebbero essere le tre cose per cui essere grata questa notte. Inevitabilmente penso a E. e alle donne incontrate nel garage. Ma soprattutto penso a Osso, che appena aprirò la porta mi verrà incontro scodinzolando per ricordarmi che l'amore è fatto anche di piccoli gesti.

La prima sera che lo portai a casa, dopo averlo prelevato dal canile, si rintanò in bagno tra il wc e il bidet e lì rimase immobile per la notte intera. Aveva paura. Paura di tutto. I suoi primi tre mesi di vita gli avevano insegnato solo il timore e la solitudine. Evidentemente non erano bastate la mia casa calda, la cuccia morbida che gli avevo fatto trovare ai piedi del divano e neppure la ciotola rossa piena di croccantini per fargli cambiare idea. Mi dico ora che quella sera forse Osso non sapeva per quali cose essere grato, perché per lui erano troppe. Ricordo che mi coricai a letto, ma intorno alle due mi alzai. Tutto era silenzioso. Allora presi un cuscino, lo raggiunsi nel bagno e mi sdraiai sulle mattonelle grigio perla accanto a lui.

La mattina mi svegliai con Osso che mi stava lavando la faccia. Ce l'avevamo fatta. Io a dormire in terra e lui a baciarmi, e i suoi baci non furono solo sette ma molti, molti di più.

Giro la maniglia della porta ed entro in casa, mentre il ricordo di quella notte bella continua ad accompagnarmi.

Stranamente non vedo il musone nero di Osso. Lo

chiamo ma non mi risponde. Accendo la luce, certa che si sia addormentato da qualche parte. In fondo il mio meticcio inizia a essere un vecchietto, e probabilmente l'udito lo sta tradendo.

Non è in cucina, non è in sala e nemmeno in bagno. Raggiungo allora la mia camera e subito mi ricordo che questa mattina ho steso sul letto la coperta arancione, quella su cui mi ero seduta con le lacrime agli occhi mentre leggevo il messaggio di Filippo.

Osso è lì sopra, accucciato proprio vicino al cuscino che abbraccio di notte. È immobile e mi dico che forse sta facendo un sogno così bello che non ha nessuna voglia di svegliarsi. Lo chiamo ancora una, due, tre volte. Poi quattro, cinque, sei. E infine sette volte. Ma Osso non mi risponde.

Mi avvicino. Mi tolgo il piumino e appoggio sul cassettone il casco Big Babol che ancora tenevo in mano e gli faccio una carezza sul dorso. Niente. Lo chiamo nuovamente e non mi importa se lo faccio per otto volte. Oppure nove. Non mi importa se lo devo fare all'infinito. Lo chiamo. Osso non risponde. Osso non respira. Osso non mi sente. Osso non mi vede. Osso mi ha lasciata sola.

Sono impietrita e inizio a tremare. A tremare forte. E mi butto su di lui. Mi butto su di lui e lo abbraccio. E lo chiamo ancora, ancora più forte.

«Osso, rispondimi!»

«Osso, ti prometto che da domani correremo ogni mattina!»

«Osso, resta con me!»

Ma lui è immobile. Immobile come quella prima notte, quando non sapeva ancora se poteva fidarsi di me.

È finito tutto. È finito il brivido. È finito il diario che non ho mai iniziato.

È finito il coraggio.

Tolgo le scarpe. Con difficoltà lo sposto e mi infilo con lui sotto la coperta. Quella arancione. È caldo, Osso, credo che abbia fatto di tutto per aspettarmi prima di andarsene. E conoscendolo mi sta chiedendo scusa per non avercela fatta.

«Addormentiamoci, Osso» gli dico accarezzandogli il muso. «Addormentiamoci, ché questo è solo un incubo. Addormentiamoci perché non può che essere così.»

Le lacrime che iniziano a scendere quasi mi impediscono di vederlo. Mi manca tutto.

Tutto.

Tutto sul serio.

«Dimmi perché» gli chiedo ancora.

E in un istante mi rendo conto che non avrò più niente da scrivere perché lui non era soltanto una pagina. No. Osso era tutto il mio diario della felicità.

Non sono riuscita a chiudere occhio, sono le cinque del mattino e sono già in cucina con una tazza bollente di caffè.

Ho avvolto Osso nel plaid verde e giallo che gli piaceva tanto e l'ho sistemato nella sua cuccia.

Stringo forte tra le mani la tazza e mi domando che cosa rimane da fare. Non ho telefonato a Penelope e neppure a Lucilla. Non ho avvertito mia madre e neppure E. Non ho mandato un messaggio a Filippo e neppure a Giovanni.

Non so davvero da che parte cominciare, perché solo l'idea di dover iniziare da qualche parte rende questa cosa più reale, come se al momento sperassi che non lo fosse.

Continuo a ripercorrere tutto quello che abbiamo fatto insieme in questi quindici anni d'amore e sono convinta che di strada ce ne sarebbe stata ancora tanta. Mi viene in mente la sera di Natale in cui ho vomitato tutto il dolore e Osso non si è mosso dal bagno per non lasciarmi sola. E penso alle giratine ogni mattina, io con gli occhi abbottonati e lui con la voglia di correre. Penso a quando mi ha accompagnato all'Autodemolizione Paradiso e immobile ha aspettato in macchina il mio ritorno. Penso a tutte le domeniche in cui mi svegliava all'alba, a me che iniziavo a urlare, ma che dopo la prima brontolata cedevo. Ripenso alla sera in cui Filippo se ne andò di casa e io rimasi seduta sul divano con lo sguardo fisso su un punto indefinito e Osso si accucciò sui miei piedi. Ripenso alla prima volta in cui lo portai al mare, quando iniziò a correre verso la distesa blu e finì che nell'acqua trascinò pure me. Ripenso alla mattina del matrimonio di Lucilla, quando per prendere i moduli di iscrizione all'università mi era servito averlo vicino e quando invece di ritorno dall'addio al nubilato lo avevamo accolto insieme a noi sotto le coperte. Ripenso a tutte le volte in cui ho avuto paura di affrontare qualcosa e lui mi ha dato la forza. Ripenso a quando correvamo giù per i nostri quattro piani, io con il guinzaglio tra le mani e lui con una voglia matta di uscire. Ma soprattutto ripenso all'alba di quella mattina, quando dopo una notte di sofferenza ho deciso di ripartire, di riprovare. Chi lo avrebbe detto che quello sarebbe stato il nostro ultimo Natale e quella la nostra ultima alba? Se solo lo avessi saputo, avrei iniziato a correre forte e magari avrei fatto mille volte il giro dell'isolato. Se solo lo avessi saputo, mi sarei seduta accanto a lui sul nostro prato e avrei impedito a quel 25 dicembre di finire. Se solo lo avessi saputo, avrei fermato il tempo e avrei impedito a ogni tramonto di nascere. Se solo lo avessi saputo, ieri sera non sarei andata nel garage per raccontare che gli amori possono deludere, mentre l'unico amore che non mi aveva mai ferito stava morendo.

Ecco cosa mi addolora. Avrei voluto essergli accanto nell'ultimo istante, per baciargli il muso e per impedirgli di addormentarsi. Perché forse, se ci fossi stata, quegli occhi non li avrebbe mai chiusi.

Mi verso dell'altro caffè. Ho i piedi scalzi e indosso una vecchia tuta. Ho i ricci spettinati e il naso arrossato.

«Non dovevi andartene adesso, Osso, adesso che provavo a essere coraggiosa» gli dico ad alta voce.

Poi prendo il telefono, fregandomene dell'ora e della mia voce rotta.

«Pronto.»

È chiaro che stava dormendo e magari, chissà, stava facendo pure un bel sogno, come quello che mi auguro abbia accompagnato Osso nel suo ultimo viaggio.

Faccio per rispondere ma scoppio in un pianto inarrestabile, uno di quelli che non puoi controllare. «Ti prego, Giò, aiutami» riesco a malapena a mormorare.

Giovanni arriva dopo neanche mezz'ora. Lo accolgo seduta al tavolo, lasciando la porta aperta in modo che possa entrare. Ho sempre stretta tra le mani la mia tazza di caffè.

«Ne metto sul fuoco un altro po'?» è la prima cosa che mi dice. Poi mi si siede davanti e resta in silenzio.

Mi stupisco della capacità di Giovanni di rispettare questo mio momento nel modo migliore che potessi sperare: senza domande. Non ce n'è bisogno, probabilmente. Sorseggiamo il nostro caffè muti e vicini.

Finché all'improvviso non sono io che interrompo quell'assenza di parole.

«Lo voglio seppellire nella mia casa in campagna. È poco sopra Bagno a Ripoli. Mi chiedevo se tu potessi...»

«Ti accompagno» mi risponde subito.

Mi alzo e raggiungo il bagno. Mi abbasso i pantaloni della tuta per fare pipì e resto seduta sul water per un tempo che non so neppure decifrare. Resto lì in quell'angolo, quello che ci aveva fatto diventare amici e che ci aveva fatto capire che saremmo stati per sempre insieme.

È Giovanni che bussando alla porta mi fa ritornare di colpo alla realtà, altrimenti penso che sarei potuta rimanere a guardare nel vuoto per l'eternità.

Usciamo di casa e Giovanni tiene in braccio il mio meticcio. È avvolto nel plaid eppure a tratti mi sembra di vederlo muovere. Prendo la pallina da tennis, quella che amava tanto.

Durante il viaggio in macchina parliamo pochissimo, come la sera della Vigilia in cui mi ha riportato a casa e mi ha baciato sulla fronte davanti al portone. Giò ha davvero i miei tempi. O se non li ha, quanto meno li rispetta. Sono certa che se ci fosse Filippo al suo posto mi tartasserebbe di domande per sapere come, quando e perché è morto. Giò no. Tanto l'unica cosa che importa è che Osso non c'è più.

Approfitto del tragitto per mandare qualche messaggio sulla chat delle Amiche, a mia madre, a Adele per avvertirla che non andrò al lavoro, e a qualche altra persona. In fondo chi conosceva me conosceva anche Osso.

Mia madre è la prima a chiamarmi, però non le rispondo. Dopo Roma non ho più lasciato squillare il telefono se era lei a chiamarmi, ma ora è diverso. Come se Osso si fosse portato via tutto il cammino fatto e la voglia di continuare a percorrerlo. In questo momento niente ha un senso o una giustificazione. Neppure quei sette biscotti alla trattoria di Mario.

Mi rigiro tra le mani il mazzo di chiavi della casa in campagna. Mio padre più volte mi ha detto: «Tienine uno anche tu, Flò, non si sa mai, potrebbero servirti».

Be', anche quella volta aveva ragione, anche quella volta aveva dimostrato che, pur parlando poco, sapeva in qualche modo prevedere la verità. Ma stavolta, più di ogni altra, vorrei che avesse sbagliato e vorrei andare davanti a lui, rendergli il mazzo e dirgli: «Stavolta, papà, hai commesso un errore... stavolta non ho bisogno di aiuto».

E invece adesso è il momento in cui ne ho più bisogno. Ecco ciò che rappresentava Osso per me: la possibilità di sfuggire alle verità di mio padre.

Arriviamo a San Donato in Collina che sono circa le otto. Apro il capanno degli attrezzi, tanto è inutile entrare in casa, quella non ci serve. Non ci occorre il bel divano in pelle davanti al camino o la cucina in muratura con i fiaschi del vino in paglia a far da soprammobili. Non ci serve il bagno con la vasca in marmo e la doccia, non ci serve la camera per cambiarci, magari per indossare delle scarpe da trekking o un bel berretto. *Siamo qui per dire addio a Osso, non per fare una scampagnata*, penso.

Giovanni mi segue nel suo silenzio. È la prima volta che vede quella stanza piena di utensili e vecchie cose, eppure sa muoversi come se ci fosse sempre stato. Si fa strada tra le biciclette, le scatole di cartone, le canne da pesca di mio padre e le sdraio che la mamma usa nel mese di agosto per sonnecchiare nella corte prendendo un po' di sole. Afferra una pala e poi mi guarda: «Dove vuoi che lo seppelliamo?».

Gli dico di seguirmi e lo porto in un angolo sul retro della nostra colonica. Un angolo da cui si vede benissimo l'alba nelle mattine di estate. Lo avevamo fatto spesso, con Osso, di sederci lì per salutare il sole nascente. Avevamo una predilezione per gli inizi, io e il mio meticcio.

Mi siedo anche ora, ma stavolta per osservare Giovanni che sta costruendo l'ultima cuccia per il mio vecchio amico.

Quando tutto è pronto, Giò va alla macchina per prendere Osso.

«Gli togliamo la coperta?» mi chiede.

«No. Non voglio che senta freddo.»

Giò lo appoggia con delicatezza in quella buca profonda e nera fatta apposta per lui, e io gli metto accanto la pallina da tennis, ormai consumata dalle tante corse, dai morsi e dalle sbavate del mio meticcio.

«Puoi lasciarci un attimo?»

«Certo.»

«Lo sai, Osso, cosa sei stato per me?» inizio a voce alta. «Sei stato il mio migliore amico, sei stato tutto quello di cui avevo bisogno. Sei stato il solo che mi ha amato malgrado le mie contraddizioni e i miei innumerevoli difetti. Sei stato il solo che mi ha fatto sentire unica, unica al mondo. Sei stato un compagno di vita perfetto, lo sei stato quando pensavo di poter morire dal dolore e quando ho provato a rialzarmi. Sei stato tutto quello che serviva a completare le mie fragilità e sei stato quotidianamente la dimostrazione che l'amore davvero costa poco. Io non ho fatto niente, Osso. Io non ho fatto niente in confronto a quello che tu hai fatto per me. Non ti dimenticherò mai. Mai.»

Lo accarezzo, ancora e ancora, scostando leggermente quel plaid perché lui possa sentire quanto trema la mia mano.

A quel punto chiamo Giò.

«Sei pronta?»

Faccio un cenno con il capo.

Ogni manciata di terra che lo ricopre è un ricordo che ho paura mi abbandoni. Ogni manciata di terra che lo ricopre è un giorno di Osso che se ne va.

Raccolgo un fiore di campo, e già penso che domani magari verrò qui per coprirlo con i miei preferiti. Che Osso lo sa, quali sono. Come lo so io. Ma lo sappiamo solo noi. Giò no. Lui, il mio fiore preferito, non lo conosce.

Giovanni improvvisa una sorta di croce con dei legnetti e poi mi tende la mano per farmi rialzare.

Io gliele porgo entrambe e lascio che con la sua forza si faccia carico del peso che in questo momento mi sento addosso. Ci troviamo così davanti l'uno all'altra.

«Flò» mi dice, «qual era una cosa che Osso amava tanto?»

«Il mare» rispondo senza pensarci neppure un attimo.

«Perfetto. Ti porto lì.»

La giornata è freddissima, ma il cielo è blu dietro le nuvole. Raggiungiamo la Versilia intorno alle undici. Ho sempre amato il mare di inverno per la malinconia, la profondità e la determinazione che porta con sé.

Quello con il mare era un appuntamento fisso mio e di Osso. E in inverno anche di più, perché sulle spiagge non ci sono i soliti turisti che brontolano, o troppi cani con cui dover per forza fare amicizia. Osso con il tempo aveva anche imparato a non buttarsi subito nell'acqua, ma a farlo solo con il mio permesso. Be', non proprio sempre, ma quasi.

Decidiamo di fare una passeggiata lungo la riva.

«Lasciamo le scarpe lì» mi dice Giò indicando un piccolo cumulo di sassi.

La tuta mi arriva fino ai piedi e il piumino nero mi fa da coperta.

Giò mi prende la mano e iniziamo a muovere i primi passi.

«Un'altra cosa che piaceva a Osso?» mi domanda a un tratto.

«Correre!» ribatto.

«E allora corriamo!»

Mi toglie il cappello che avevo indossato e inizia a scappare. Resto immobile per un attimo, chiedendomi se ho voglia di tutto questo, ma è un attimo, davvero un attimo che vola più veloce dei miei pensieri, e comincio a correre anche io.

Siamo io, Giovanni, Osso e il mare. E mi dico che questa fotografia non ha bisogno di nient'altro.

Correre fa decisamente bene, il mio meticcio aveva ragione. Perché dopo mi sento meglio. Un po' come se avessi buttato fuori le lacrime. Ovviamente il dolore non è passato, ma anche solo l'illusione di sentirmi più leggera in questo momento mi dà pace.

Intanto il telefono continua a squillare, ho un milione di messaggi a cui rispondere e di chiamate perse. Ma parlare e spiegare è l'ultima cosa di cui ho voglia.

«Dovrai rispondere a queste persone, Flò» mi dice Giovanni. «Sei sicura che rifugiarti sempre in te stessa, escludendo il mondo, ti faccia bene?»

«Cosa intendi?»

«Dico che chi ti ama si preoccupa per te, dovresti iniziare ad accettarlo.»

«C'è anche chi mi amava ma non si è preoccupato di ferirmi» gli rispondo.

«Forse non ti amava abbastanza.»

«Adesso non ho voglia di dare spiegazioni.»

«Gli altri non sono solo sfoghi per la tua rabbia» sussurra con voce roca.

«Infatti li avevo fatti rientrare nel quadro, ma ora non sono più sicura di niente.»

«In quale quadro?»

«Lascia stare, non capiresti» ribatto e mi ricordo di quanto gli uomini siano bravi a deludere. Come in quella maledetta udienza: non mi capiva Salimbeni, non mi capiva l'ometto, non mi capiva il cinese e nemmeno il giudice risoluto. E ripenso pure a Diego, che ha impiegato circa sessanta secondi tra interessarsi a me e cancellarmi dal suo mondo.

Giò, che in questo istante non comprende il mio stato d'animo, non rappresenta quindi niente di nuovo. La mia diffidenza nei confronti del genere maschile diventa sempre più profonda, inutile girarci intorno.

Lui, però, ancora una volta dice qualcosa che scardina le mie teorie. «No, Flò, qui se c'è una che non capisce sei tu» afferma in tono così deciso da togliermi la possibilità di replicare.

Sotto certi aspetti Giovanni è un po' simile a mio padre: parla poco, ma quando lo fa ti inchioda a riflettere sulle sue parole e spesso, tuo malgrado, ti costringe anche a constatare che aveva ragione. Però come mio padre ha anche un'altra capacità. Quella di cambiare discorso subito dopo averti svelato una grande verità, e non so se lo faccia per farti smettere di pensare o per farti pensare ancora di più.

«Lo vedi quel ristorante dagli intonaci beige, quello con le vetrate proprio a picco sul mare?» mi chiede all'improvviso Giò, proprio come farebbe papà.

«Sì.»

«Bene, chi arriva ultimo paga il conto.» E comincia a correre a perdifiato, ma mi lascia vincere. È un vero gentiluomo.

Giovanni ordina un piatto di spaghetti allo scoglio, mentre io opto per una grigliata di calamari.

Mi scopro a osservare ogni suo movimento con interesse e a esserne attratta. Mi scopro a cercare insistentemente il suo sguardo e a darmi persino un po' di tono, nonostante la tuta, i ricci arruffati e gli occhi gonfi per il pianto.

«Dimmi sette cose, Giò» gli domando dal nulla.

«Perché proprio sette?»

«Tu fallo.»

«Dunque: sei insopportabile, rompicoglioni, difficile da gestire, insicura su tutto, decisamente troppo pignola, a tratti incomprensibile, ma incredibilmente bella.»

Mi scappa da ridere, ma così forte che mi chiedo quando è stata l'ultima volta che ho riso tanto. Poi di colpo me lo ricordo: la sera di Natale, quando sulle note degli Wham! mi sono gettata sul pavimento mentre Osso mi leccava il viso.

In questo momento capisco che Giovanni e il mio meticcio sono gli anelli della mia cintura, quella che mi ha regalato la love coach, quella che mi è servita per amare nuovamente mia madre e per ascoltare Penelope e Lucilla. Sono gli anelli che servivano a chiudere il cerchio. E nello stesso istante, quando non posso che arrendermi all'insistenza con cui il sette torna nella mia vita, penso a qualcosa a cui non avevo mai badato. Il mio nome e quello del mio meticcio. Le lettere che compongono i nostri nomi.

Sette anni di matrimonio, sette anni più giovane di me Silvia. Sette i brillanti nella riviera che ancora tengo al dito. Sette i baci che, per promessa, Filippo mi dava ogni notte prima di addormentarmi: uno su ogni guancia, tre sulle labbra, uno sul naso e l'ultimo a sfiorarmi la fronte. Sette dicembre il giorno di quella maledetta udienza. Sette le chiamate perse di mia madre. Sette i miei passi verso quel garage. Sette le cose che mi separano dalla felicità. Sette i conati che sono serviti per vomitare il dolore. Sette i biscotti per ritrovarsi. Sette i "ti voglio bene" delle mie amiche. Sette i secondi necessari a volare. Set-

te le parole per arrivare all'"incredibilmente bella" di Giò. Sette la somma di Osso e di Flò.

La cosa più difficile in questa giornata è alleggerire il cuore. Anche negli istanti in cui provo a sorridere torna prepotente il ricordo del mio meticcio.

Non ripartiamo subito dopo pranzo, la scusa è quella di godersi ancora un po' il mare, in realtà penso che vogliamo solo stare insieme.

Mentre passeggiamo sulla spiaggia, Giovanni mi si avvicina. Ma lo fa in maniera diversa, non come la notte della Vigilia e neppure come per il nostro ballo. Non lo fa come questa mattina davanti alla tazza di caffè e neppure come quando ho gettato su Osso l'ultima manciata di terra e lui mi ha preso le mani. E nemmeno come quella notte in cui, ubriaca di dolore e Negroni, abbiamo fatto l'amore e io ho fatto di tutto perché mi dimenticasse. Non so come mi si avvicina, ma so che mi piace.

Mi bacia davanti al mare, nel turbinio di una giornata che porta con sé una moltitudine di emozioni. Ed è uno di quei baci da film, in cui prima della sua lingua avverto il suo respiro. Perché prima delle labbra sento le mani intorno al viso. È uno di quei baci che poi per forza devi raccontare alle amiche, uno di quelli che ti fanno saltare la cena perché nello stomaco non hai solo le farfalle, ma tutti gli esseri che abbiano voglia di volare.

«Non ho niente da promettere» gli dico a un tratto.

«Non ho chiesto promesse» risponde.

«In fondo non ci conosciamo neppure, lo hai detto tu.»

«Non so neppure quale sia il tuo fiore preferito» ribatte lui.

«Appunto.» Gli sorrido e mi alzo sulle punte dei piedi per baciarlo ancora un po'.

«Lasciami qui» gli dico quando siamo a circa cinque minuti da casa mia, «ho bisogno di camminare.»

Giò ferma la macchina ancora una volta senza fare troppe domande. È stata una giornata faticosa e lui lo sa bene. Non mi chiede di accompagnarmi fin dentro all'appartamento, ci sono momenti che non possono essere condivisi, come questo tramonto che decide di farmi vivere da sola.

Mi sfiora le labbra. Io prendo il mio zainetto e scendo.

Cammino nell'aria fredda che mi trasmette un senso di pace e ripenso a tutte le cose che sono successe oggi, e so che aprendo la porta non vedrò spuntare il nasone nero di Osso.

Sono quasi davanti al portone di casa, quando mi accorgo che c'è qualcuno seduto sul muretto di fronte. Nonostante la stanchezza, la sofferenza e gli occhi umidi di lacrime, quella sagoma potrei riconoscerla tra mille. È Filippo. È proprio lui.

Il cuore mi sale in gola.

Accelero il passo. «Filippo» lo chiamo, sorprendendolo da dietro, come lui aveva fatto con me quel 7 dicembre.

Il cinese si gira e mi guarda. Ma non come quella mattina durante la maledetta udienza, non come la prima volta al ristorante. No. Mi scruta il volto con uno sguardo che sa di sentimenti nuovi.

«Ho saputo di Osso» mi dice immediatamente.

Resto in silenzio, non c'è bisogno di aggiungere altro, il cinese conosceva bene il legame che avevo con il mio meticcio.

«Cosa ci fai qui?» gli chiedo mentre infilo la chiave nel portone di casa.

«Devo parlarti.»

Lo guardo facendogli capire che sono pronta ad ascoltare. Anche stavolta preferisco che sia il silenzio a parlare per me, perché troppo spesso le parole sono scomode e io temo di non riuscire a trovare quelle giuste, ora.

«Ho sbagliato, lo so» comincia senza perdere tempo.

«Sono stato uno stupido. Mi mancava la tenerezza, il desiderio dell'inizio, il fatto di sentirmi importante.»

«E li hai trovati in lei?»

«Credevo di sì, ma invece adesso vorrei solo ritrovarli in te.»

«Lasciamo stare» ribatto e spingo la porta per entrare.

Lui mi ferma, cingendomi la vita con il braccio, da dietro, nella stessa identica posizione in cui siamo stati quella sera a Favignana e per una vita sul mio comodino.

«Ho dovuto perderti per ritrovarti. Ho dovuto perdermi per ritrovarti.»

«Troppo facile ritornare così...»

«Tu credi veramente che lo sia?»

«So tutte le lacrime che ho versato io.»

«Non posso cambiare il passato, Flò, ma posso far sì che il futuro sia totalmente diverso.»

«Sono stremata, Filippo, per Osso, per te, per tutto quello che non è andato come avrei voluto.»

«Solo una possibilità, Flò. Solo una.»

«Come posso ancora fidarmi di te?»

«Con il tempo.»

«Mi hai ferita» dico senza voltarmi.

«Lo so.»

«Non lo fare più.»

«No.» E mi stringe.

«E adesso che si fa?»

«Inizia a correre per i quattro piani, ché chi arriva per primo prende il telecomando» mi sussurra all'orecchio.

E io non posso far altro che arrendermi.

Un giorno dopo

PERCHÉ L'AMORE CHIEDE SOLO AMORE

Abbiamo trascorso tutta la notte a parlare.

In realtà prima abbiamo fatto l'amore ed è stato strano dopo tanto tempo. L'ho fatto con rabbia e delusione. Ma anche con il cuore pieno di ricordi che comunque in questo anno non mi hanno mai abbandonato.

La casa è silenziosa, Osso che non gironzola più tra i miei piedi è una mancanza che mi dilania. Però aver avuto Filippo qui, proprio questa notte, mi ha rassicurata. Forse per la prima volta è arrivato al momento giusto, quando avevo bisogno di lui e senza bisogno che glielo chiedessi.

Ha parlato soprattutto lui, raccontandomi di Silvia, di quello che ha capito standomi lontano, di quanto abbia sofferto nella consapevolezza di avermi ferito. Mi ha raccontato che già da qualche mese si era reso conto dello sbaglio che aveva commesso, ma che non aveva il coraggio di uscire da una situazione che lui stesso aveva creato. Non riusciva ad ammettere di aver rinunciato a una moglie per qualcosa che non aveva poi tutta l'importanza che credeva.

Mi ha detto che si è ritrovato spesso ad aspettarmi davanti al portone, che un martedì sera intorno a mezzanotte mi aveva vista rientrare, aveva pensato che stessi tornando dallo Spritztime e in quell'istante si era accorto di quanto fosse sereno nelle nostre abitudini.

Avevo riflettuto spesso su come sarebbe stato un eventuale ritorno di Filippo, su come avrei potuto credere anche soltanto a una sua parola e invece poco fa, inspiegabilmente, mi è sembrato davvero sincero. Mi ero immaginata tante volte la scena. Ne avevo persino immaginato la colonna sonora. Avevo immaginato i miei pianti, le mille domande. Eppure niente è stato così. Forse perché tutte le lacrime le ho spese per Osso, perché di domande non ne ho, perché la musica non c'è.

È stato piuttosto lui, proprio dopo aver fatto l'amore, a scoppiare in un pianto a dirotto, uno di quelli che ti fanno male anche solo per il fatto di assistervi. E probabilmente in quell'attimo mi sono resa conto della sua onestà. Almeno di quella emotiva.

Ho capito che Filippo non è rimasto immobile a osservare ciò che accadeva, non è stato in balìa degli eventi in questo anno, no. Lui ha pensato a cosa lo avesse spinto ad andarsene, ma ancora di più a tornare. Un Filippo consapevole e non mera vittima delle circostanze è una sorpresa a cui non ero minimamente preparata.

Il suo cammino lo ha portato a me. Il mio cammino, a quanto pare, ad accoglierlo ancora.

«Hai tolto la nostra foto?» mi ha chiesto a un tratto, notando sul comodino quella che Giovanni mi ha scattato con Lucilla e Penelope all'addio al nubilato.

Giovanni, ho ripetuto tra me.

«Non l'ho tolta, l'ho solo messa nel cassetto» ho risposto.

«Nell'attesa che tornassi?»

«Nella speranza che tornassi.»

Filippo poi mi ha sommerso di domande, moriva dalla voglia di sapere tutto di me, molta più di quanta io ne avessi di raccontarmi.

Ho preferito non parlargli della love coach, perché quel percorso voglio che resti soltanto mio e perché sono certa che non ne capirebbe l'importanza. Ho come l'impressione che aprirmi con il cinese mi porterebbe a rimettere in discussione tutto.

Sono le otto e sono sveglia. Lui sta ancora dormendo, avvolto nella coperta arancione che adesso fa da contorno ai suoi sogni, mentre ieri lo ha fatto al mio incubo.

Accendo il telefono, che a un tratto ieri sera ho deciso di spegnere. In realtà, prima ho inviato in fretta e furia un messaggio sulla chat delle Amiche. Avvertire del ritorno del cinese mi è parso d'obbligo, ma poi mi è bastato scorgere quello "sta scrivendo" di Penelope e Lucilla in contemporanea per cambiare idea.

Mi alzo e approfitto di questo momento di silenzio per riporre i ricordi del mio meticcio.

Prendo una scatola di cartone dal ripostiglio e dentro ci metto la cuccia, il guinzaglio e la ciotola rossa. *Strano il destino,* mi dico. *Ieri ho tirato fuori dal cassetto la foto con Filippo e oggi ripongo la vita di Osso.*

Penso che giovedì prossimo, semmai dovessi andare di nuovo in quel garage, avrò molto da raccontare alle altre innamorate. E anzi, con tutta probabilità, diventerò il loro esempio, il punto di riferimento, l'eroina. Perché sarò la testimonianza vivente che per una volta le cose possono andare bene, che l'amore può tornare e che gli uomini si possono pentire. Che si può ricostruire una vita insieme nonostante uno dei due abbia sbagliato e che in fondo basta crederci e non perdere la speranza. Potrò insegnare il perdono e la forza di accogliere. Potrò spiegare come funziona quando si è stati abbandonati ma poi ripresi, e come ci si sente a essere ancora una volta la sua scelta. Potrò far capire che a volte il desiderio muore, ma non è mai tardi per riaccenderlo e che, se hai amato, devi continuare a farlo ancora e per forza. Spiegherò pure che la mia felicità dipende da lui, che io l'ho cercata ovunque, ma in fondo soltanto il ritorno di Filippo me l'ha fatta davvero assaporare.

Sono certa che la donna con lo sguardo basso e i pugni chiusi mi abbraccerà forte, mentre Gaia si dirà che se è successo a me non potrà che accadere anche a lei. La bocca rossa con i boccoli fino alle spalle mi domanderà qualche dettaglio sulla prima notte di sesso dopo tanto tempo, mentre l'acida dai capelli neri probabilmente schiatterà di invidia. Io, però, con nonchalance mi alzerò dalla mia sedia, mi avvicinerò a lei, e con tono materno le sussurrerò: «Suvvia, succederà pure a te di innamorarti ancora». Dopodiché bacerò la mia love coach, uscirò da quella stanza sotto gli occhi di tutte e percorrerò quella discesa/salita che per la prima volta mi sembrerà facile e leggera. E alla fine ad aspettarmi ci sarà Filippo e io mi ricorderò che se le persone restano insieme è perché perdonano. Che non bastava distruggere tutto all'Autodemolizione Paradiso o stilare l'elenco dei sensi di colpa. Che non bastava sorridere a chiunque, recuperare mia madre o buttarsi dal paracadute. Non serviva riavvicinarsi all'università o porsi dei piccoli obiettivi, tipo quello di ballare stretta a un altro in un vestito lilla e con una coda di cavallo improvvisata, perché io dipendevo unicamente dal cinese: la mia felicità, come ho sempre creduto, dipendeva solo da lui.

Penso anche che ben presto mi presenterò da Salimbeni, chiedendogli indietro i miei duemila euro e il sorriso che mi ha portato via quel giorno toccandomi le gambe. Filippo chiamerà l'ometto per dirgli che la sua ostilità nei confronti dei sentimenti non è stata sufficiente a impedire al nostro amore di rinascere, e poi insieme andremo davanti al giudice risoluto per dirgli che una Bianchi con un Rossi può funzionare anche nella realtà e che si è sbagliato per non essersi accorto che le possibilità di riconciliazione c'erano ed erano grandissime.

Controllo il mio iPhone, pronta a rispondere alle domande di tutti. Di tutti, ma non di lui. Perché il primo WhatsApp che arriva è proprio quello di Giovanni. Già, c'è Giovanni da affrontare. La corsa sulla spiaggia, la sera della Vigilia, il sesso da ubriaca, l'assenza di domande, il bacio davanti al mare. C'è Giò e tutto ciò che si porta dietro.

Faccio per chiamarlo, ma poi solo l'idea di sentire la sua voce mi spaventa. È la stessa paura che avevo di E. prima che quel suo "finalmente, Flò" mi accogliesse in un mondo di dolcezza che neppure immaginavo esistesse.

Decido allora di scrivergli. Scrivo e cancello, scrivo e cancello almeno un milione di volte, poi lascio perdere. E mi dico che lasciar perdere è davvero la cosa migliore. Riniziare, fidarsi di nuovo, scommettere su qualcuno, imparare a conoscersi, ad amarsi, a dormire insieme e a trovare il giusto incastro. Capire cosa gli piace e cosa detesta, fare l'amore con i suoi difetti e con le contraddizioni. Ridere degli errori e stimarsi oltre gli sbagli.

Sarebbe solo una gran fatica impiegare nuovi sentimenti in qualcosa che non ha certezze. Perché l'amore è così: non dà certezze, ma te le chiede. Non dà sicurezze, ma le pretende.

Andrebbe a finire che mi troverei nuovamente nel bel mezzo di quel garage a piangere per una telefonata che non arriva, per un'insicurezza che mi toglie il respiro, per lui che magari non è venuto a prendermi o si è scordato il nostro appuntamento. Avrei ancora paura.

Perché io sono Florinda Bianchi, trentasei anni, che lavora allo Chapeau perché non ha il coraggio di proseguire gli studi. Che delude sua madre, ma poi è sempre alla ricerca del suo consenso. Che non tollera che le amiche sottolineino dove sta sbagliando e che sa amare Filippo, perché quello è ciò che ha sempre fatto.

Entro in camera da letto. Il respiro del cinese è pesante. Ricordo che spesso il sabato mattina lo svegliavo con una tazza di caffè. Ma ora non ho voglia di smettere di guardarlo. Se ne è andato Osso e tutto il cammino che avevo fatto, e se c'è una certezza che mi rimane è Filippo che ha deciso di tornare.

«Buongiorno, amore mio» mi dice aprendo gli occhi.

E questo mi basta. Mi basta per credere di poter essere felice.

Il cinese tra l'altro sembra abbia una gran voglia di dimostrarmi che è cambiato. Per esempio, mentre sono in bagno che mi sto truccando, così da rendermi presentabile allo Chapeau dopo una notte tanto complicata, lui mi raggiunge per dirmi "ti amo".

Poi aspetto che si faccia una doccia, che agguanti un biscotto, come ha sempre fatto, e che se ne vada. Sì, in fondo aspetto anche questo momento.

«E questi cosa sono?» mi chiede all'improvviso sulla soglia della porta, fissando i moduli dell'università sul mobile del salotto.

«Ho pensato di tornare a studiare» rispondo.

«Dài, Flo, sei ridicola» mi dice abbracciandomi. «Questa è davvero la migliore. Mi fai morire dal ridere» continua sfiorandomi il mento con la mano destra, affinché possa alzare lo sguardo e incrociare i suoi occhi.

Evito di ribattere, convinta che altrimenti nascerebbe un'inutile polemica. E allora lui, stringendomi forte, mi sussurra: «Non hai bisogno di nient'altro se non di noi», dimostrandomi ancora una volta tutta l'inadeguatezza di cui posso essere capace.

Ha ragione, penso allora inevitabilmente tra me.

Io sono quella che la mattina prende il casco Big Babol e raggiunge il bar di Patty per ordinare un macchiato in tazza grande. Non un tè, non un decaffeinato, ma il solito macchiato in tazza grande. Il mio piccolo obiettivo è adesso quello di ricostruirmi una vita serena con l'uomo che ho sempre voluto, altro che lancio con il paracadute. Infatti, quando stanotte gliel'ho raccontato, l'ho visto talmente sconcertato che ho preferito chiudere il discorso con un: «Ma dài, stavo scherzando, non avrei il coraggio di volare nemmeno sotto l'effetto di droga».

Si sta facendo tardi e io non voglio arrivare al negozio oltre l'orario di apertura. Non ho voglia di respirare gli sbuffi di impazienza di Adele.

«Filippo, ho i minuti contati» gli dico con un sorriso e gli allungo una pacca sul sedere per spingerlo fuori.

«Stasera cena, io e te» mi risponde. «Spaghetti pistacchi e vongole, ok?»

«Sì» rispondo come se fosse la cosa più naturale del mondo.

Adele sembra lievemente addolcita. La famosa giornata del sorriso ha aperto in me un mondo e forse in lei uno spiraglio. Me ne accorgo entrando allo Chapeau con un ritardo più importante del solito: lei, anziché lasciarsi andare a qualche commento sarcastico, mi saluta con gentilezza. Me ne accorgo poi intorno a metà mattinata. Perché Adele si è seduta per qualche secondo, invece di trafficare come sempre, e io sono certa che stia ricordando qualcosa che finora ha evitato di proposito.

Giovanni, intanto, non si è più fatto sentire e forse mi sta dimostrando che se ci avessi scommesso avrei sicuramente perso. O forse no. Boh. Non me lo voglio chiedere.

So solo che è meglio scegliere la certezza, che la certezza va scelta per forza. Perché è la certezza la vera felicità, e non la scommessa. Perché è la sicurezza quella che un giorno mi farà riempire il mio diario.

Filippo, invece, mi avrà già inviato una decina di messaggi e questo mi dimostra quanto anche il cinese sia alla ricerca delle sue sicurezze perdute.

Non riesco a concentrarmi in questa giornata di lavoro. Troppi i pensieri che mi passano davanti. Troppe emozioni. E troppa la mancanza di Osso. Me ne rendo conto quando neppure il tintinnio della porta dello Chapeau mi riporta con i piedi per terra. E invece avrei dovuto prestarvi più attenzione, perché la persona che sale quei quattro scalini e che fa la sua entrata nel mio scrigno vuole proprio me.

«Flò» mi sento chiamare con dolcezza. È mia madre. È venuta poche volte in negozio, e forse oggi è il momento più azzeccato. Mi abbraccia, e in quell'abbraccio c'è il dolore per Osso, il perdono per non averle nuovamente risposto al telefono, ma anche la certezza che mi stia accadendo altro. Mia madre mi sta dimostrando che a volte le parole non servono. Non ho intenzione di raccontarle del cinese, eppure sono certa che lei lo sappia già.

È ora di pranzo, e decidiamo di trascorrerla insieme. Prendiamo un panino con del buon prosciutto crudo in uno dei tanti vinaini del centro fiorentino e camminiamo un po' per respirare la nostra Firenze. È un déjà-vu, non so se mi trovo nella mia città o lungo il Tevere, ma avverto chiaramente tutto l'amore di cui è capace mia madre.

Ci salutiamo e io decido di sfruttare gli ultimi istanti della pausa per sedermi in piazza Duomo, proprio sugli scalini della cattedrale. Infilo le cuffie con un po' di musica e sento la testa che mi scoppia, non solo per il volume altissimo. Mi arriva un WhatsApp di Filippo. L'ennesimo.

"Flò, tutto tornerà al suo posto, perché le cose passano, ma l'amore resta" scrive.

Rifletto su quel "passano", ripenso a mia madre e mi domando se stavolta il cinese abbia o meno utilizzato il termine giusto. Perché le cose non solo passano. No. Le cose cambiano.

Fortunatamente il pomeriggio allo Chapeau mi ricorda quanto i turisti amino la mia città. E così, tra un cliente e l'altro, metto momentaneamente da parte questo turbinio di sensazioni.

Nel rientrare a casa, però, mi sento stanca e spossata. E in fin dei conti non riesco a perdonarmi di avere un sorriso tirato. Non riesco a perdonarmi di non essere serena. Allora rifletto e, mentre salgo i quattro piani, mi dico che sarà la nostra serata, quella che agogno da un sacco.

Indosso una vecchia tuta, perché l'intera giornata sui tacchi mi ha messo a dura prova. Accendo una candela, e in cucina si diffonde il profumo di Favignana. Suona il citofono. Mi chiedo se mai arriverà il giorno in cui troverò la forza e la fiducia per restituirgli le chiavi di casa o se quello resterà l'unico limite che non sarò in grado di superare. Lo sento salire le scale. Apro la porta e lo vedo sulla soglia, con i capelli spettinati, gli occhi allungati che gli sono valsi il soprannome di cinese e un mazzo di fiori in mano.

Rose rosse. Sette rose rosse.

Le guardo ed è un istante. Un istante e basta, e tutto nella mia mente diventa chiaro. Diventa chiaro come quella mattina di Natale, quando l'alba mi ha accolto oltre la siepe del giardino. Perché chi se ne frega se c'è da scommettere ancora, se c'è da soffrire e da avere paura. Chi se ne frega se forse le aspettative saranno tradite e se il desiderio un giorno non sarà più lo stesso. Chi se ne frega se non sarà per sempre.

Io sono Florinda Bianchi, detta Flò, e voglio studiare, voglio ascoltare i discorsi delle mie amiche, voglio sentire i rimproveri di mia madre e le perle di saggezza di mio padre. Voglio indossare la cintura di E., presentarmi ancora in quel garage solo per gridare che la vita è davvero solo una e che l'amore vale sempre la pena anche se dovesse durare soltanto il tempo di un ballo. Ora è adesso. E per ripartire bisogna unicamente avere coraggio. E per amare bisogna solo amare, ma in modo diverso.

Mi ricordo a un tratto del mio diario della felicità e mi chiedo oggi, ora, adesso, quali potrebbero essere le tre cose per cui mi sento grata.

L'unica risposta che riesco a darmi mi spaventa, ma al contempo mi rende anche felice.

Io sono grata per Penelope e Lucilla, per mia madre e per Giò, mi dico.

Filippo continua a guardarmi con le sue rose. Ma sono io in questo momento che non riesco più a guardare lui.

«Non posso» mormoro, «non posso perché io non ti amo più. Perché le cose cambiano, Filippo, e perché io non sono più disposta a rinunciare ai miei sogni.»

Afferro il piumino, lo zaino nero con le borchie argentate e il casco Big Babol.

Parcheggio circa a un chilometro di distanza dal luogo che voglio raggiungere perché ho bisogno di correre e di correre così tanto che se ci fosse stato Osso sarebbe stato fiero di me.

Ho una tuta improbabile, come ieri al mare, e i ricci raccolti in una coda improvvisata, come per quel ballo.

Arrivo allo Spritztime con il fiatone e con il sorriso. Con il sorriso e con il fiatone.

Giò è dietro il bancone ed è voltato di spalle. Ha una camicia bianca, la stessa che indossava la sera in cui, mentre ci portava lo champagne, io ho appoggiato il mio calice sul vassoio e poi ho lasciato il locale. Perché non ero pronta per le parole di Lucilla e Penelope, perché non ero pronta per le chiamate di mia madre, per conoscere E., e per capire che l'amore chiede amore. Prima di tutto quello per se stessi.

Sette anni di matrimonio, sette anni più giovane di me Silvia. Sette i brillanti nella riviera che ancora tengo al dito. Sette i baci che, per promessa, Filippo mi dava ogni notte prima di addormentarmi: uno su ogni guancia, tre sulle labbra, uno sul naso e l'ultimo a sfiorarmi la fronte. Sette dicembre il giorno di quella maledetta udienza. Sette le chiamate perse di mia madre. Sette i miei passi verso quel garage. Sette le cose che mi separano dalla felicità. Sette i conati che sono serviti per vomitare il dolore. Sette i biscotti per ritrovarsi. Sette i "ti voglio bene" delle mie amiche. Sette i secondi necessari a volare. Sette le parole per arrivare all'"incredibilmente bella" di Giò. Sette la somma di Osso e di Flò.

Sette le rose sbagliate.

Mi metto a ridere. Come sul pavimento la notte di Natale con il mio meticcio. Come ieri al mare con lui.

«Giovanni.»

Lui si gira immediatamente. «Flò» e lo pronuncia così bene che in un attimo mi fa scordare Salimbeni, l'ometto, Filippo e il giudice risoluto.

«La fresia.»

«Che cosa?» mi chiede lui.

Mi sciolgo la coda improvvisata. Perché, cavolo, il momento sì che richiede un po' di solennità.

«La fresia» sussurro in un battito, «il mio fiore preferito è la fresia.»

RINGRAZIAMENTI

I ringraziamenti sono sempre la parte più difficile. Un po' perché vorresti dire molte cose e non sai da dove iniziare e un po' perché la paura è quella di dimenticare qualcuno. Ma alla fine questo però significa anche qualcosa di molto importante, cioè che questa mia vita è davvero contornata d'amore.

E allora per una volta utilizzo la diplomazia e dico grazie a tutte le persone che amo e che mi amano, perché io lo so e loro lo sanno.

Stringo solo un po' più forte mio padre, che resta unico.

La mia mamma, che rende possibili i miei sogni.

La mia Editta, che ancora una volta saprà salvarmi.

E infine bacio forte i miei bambini Tommaso e Vittoria, che sono la mia ragione, che sono tutte le mie ragioni.

Questo volume è stato stampato nell'agosto 2018
presso la Rotolito S.p.A. – Milano